콴쒸이에서 배운 꽌시

콴쒸이에서 배운 꽌시

초판 1쇄 인쇄	2014년 06월 13일
초판 1쇄 발행	2014년 06월 20일

지은이   박 정 현
펴낸이   손 형 국
펴낸곳   (주)북랩
편집인   선일영   편집   이소현, 이윤채, 조민수
디자인   이현수, 신혜림, 김루리   제작   박기성, 황동현, 구성우
마케팅   김회란
출판등록   2004. 12. 1(제2012-000051호)
주소   서울시 금천구 가산디지털 1로 168, 우림라이온스밸리 B동 B113, 114호
홈페이지   www.book.co.kr
전화번호   (02)2026-5777   팩스   (02)2026-5747

ISBN   979-11-5585-258-3 03810(종이책)   979-11-5585-259-0 05810(전자책)

콴씌이에서 배운 꽌시

박정현 지음

book Lab

음식점에서 일한다는 것. 언뜻 쉬워 보이면서도 깊게 들여다 보면 셀 수 없이 많은 어려움이 있는, 프로페셔널 정신이 필요한 일이다.

이 책은 나의 경험을 위주로, 일반인이나 서비스직을 경험해 보지 못한 사람들이 서비스업 혹은 외식업에 종사하는 사람들의 고충을 조금이나마 이해할 수 있도록 구성되었다.

좀 더 자세히 말하자면, 아무리 작은 매장을 운영하더라도 그 것을 형성하고 유지하기 위해서는 생각보다 많은 노력이 필요 하다는 것을 나의 경험에 비추어 이야기하고 있다는 것이다.

시중에는 매장 운영이나 창업과 같은 책들이 많이 있고 그 책들 또한 사람들에게 많은 가르침을 주고 있다. 전문적인 안목 으로 하나하나 따지며 그것을 바탕으로 '창업의 TIP'을 주고 있 는 것이다.

하지만 나는 그런 책들을 보며 항상 매장 운영 지침이나 창업에 대해서 이야기를 할 때, '그곳에서 일하는 사람들의 이야기를 담는 부분이 있어야 하지 않을까?' 혹은 '서비스업에 실제로 종사하는 사람들의 생각은 어떠한지, 이런 사람들이 매장 운영에 있어 어떤 역할을 하고 있는지에 대해 말해주는 책은 없을까?' 등의 아쉬움이 남았다.

그래서 이런 아쉬움을 내 스스로 해결해 보고자 그동안 '콴쉬이'에서 일을 하면서 느끼고 배웠던 것들, 보람을 느꼈던 경험 혹은 어렵고 힘들었던 일들을 이야기로 모아 책을 써보기로 했다.

여러 가지로 부족한 책이지만 이 책을 통해 내 자신을 한 번쯤 돌아보는 계기를 만들고, 서비스업이나 외식업에 종사하는 사람들의 정성과 마음을 독자들에게 조금이나마 전달하고자 한다.

Contents

PART 1

즐거운
사람들이
모였다

첫 출근 날의 악몽

설렘 반, 두려움 반
으로 콴쒸이에 첫
출근하던 날을 기억
하라면 아직도 끔
찍하다.

서비스업에 종
사하는 사람들의
텃세는 각오하고 있었지만 막상 내가 당하는 입장이 될 거라
고 생각하니 첫 출근길이 마냥 가볍지만은 않았다.

정해진 출근시간보다 조금 이른 9시 10분, 매장 문을 열고
들어가니 먼저 와있던 선배 직원들의 곱지만은 않은 시선이

느껴졌다. 활발해 보이려고 일부러 큰 소리로 인사도 했지만 받아주는 사람은 아무도 없었다.

다 함께 오픈 준비를 하고, 아침식사를 끝낼 때까지 20명이 넘는 직원들 중 그 누구도 나에게 말 한마디 걸어주지 않았다.

'아무리 텃세라는 게 있다지만 너무 하네'라고 생각하며 하루 일과를 시작했고, 일과 시간 중에도 나에게 일적인 얘기가 아닌 질문을 하거나 대화를 시도하는 직원은 없었다.

고작 이 정도였다면 '끔찍'이라는 단어를 쓰지도 않았을 것이다. 첫 출근한 내게 업무에 대해 제대로 지시를 내려주는 사람도, 자세히 알려주는 사람도 없었다. 급한 마음에 질문을 하면 답은 해주지만 정말 '어쩔 수 없이 대답해 준다.'라는 느낌의 표정, 목소리 톤과 함께였다.

그날 오전 9시부터 오후 3시까지, 약 6시간 동안 내가 한 말은 열 마디도 채 되지 않았으리라 기억한다.

일할 때야 그럴 수도 있다고 쳤다. 적어도 일에 있어서 물어보는 말에는 대답을 해주었으니 말이다.

문제는 3시부터였다. 레스토랑에는 브레이크 타임이라는 게 대체 왜 존재하는지, 그 시간이 그렇게 원망스러운 날도 없었다. 저녁 타임 준비를 끝내놓은 직원들은 삼삼오오 모여 수다를 떠느라 바쁜데, 난 멀뚱히 구석에 앉아 외로움을 느낄 수밖에 없었다. 직장 내 왕따라는 것을 몸소 체험할 수 있던 시간이었다.

그때 구세주처럼 지배인님께서 심부름을 다녀오라고 해주셔서 그 상황을 탈출할 수 있었다. 쉬는 시간의 심부름이 썩 좋은 것은 아니었지만 그 날만큼은 그렇게 반가울 수가 없었다. 지시를 받아 근처 문구점에 가서 물품을 사고 다시 매장으로 돌아가는 내내 '아, 그냥 집에 가고 싶다', '오늘 일한 일당만 받고 그만둘까', '저 사람들은 나한테 왜 그럴까' 별의별 생각이 다 들었다.

생각만 하다가 결국 아무런 결론도 내리지 못하고 매장으로 돌아가 문을 여니, 온종일 가장 차가운 표정과 말투로 날 대했던 선배가 케이크 모양으로 쌓인 초코파이에 긴 초 하나를 꽂아 들고 나를 향해 웃고 있었다. '이 말도 안 되는 상황은 뭐지?' 하는 생각을 할 틈도 없이 내 양옆에서 터지는 폭죽. 정말 한마디로 어이가 없는 상황이었다.

멍하니 직원들을 둘러보니 다들 싱글벙글. "정현 씨 입사 축하 몰래카메라 성공!"이라고 외치는 지배인님. 정말 그 순간 울어야 할지 웃어야 할지 망설여졌다.

상황을 이해하고 '다행이다. 나를 싫어하는 게 아니었어'라는 생각과 함께 브레이크 타임을 보내고 나서 보니, 모두 정말 오전과는 완전 딴판의 사람들이었다. 그렇게 잘 웃어주고 말도 잘 걸어주면서 오전에는 어떻게 참았는지 의문이 들 정도였다. 그렇게 나의 첫 출근 날은 '입사 축하 몰래카메라'와 함께였다.

아직도 가끔 신입 직원이 들어 올 때면 혹은 누군가의 특별한 날일 때면 이렇게 직원들끼리 깜짝 파티(?)를 준비하곤 한다. 내가 당한 기억은 끔찍하지만 이런 일을 꾸미는 것도 콴쒸이가 쉼 없이 즐거울 수 있는 이유 중 하나인 것 같다.

당신의 수호천사는 누구? ✦

화려한 입사 축하 파티(?)를 시작으로 콴쒀이에서의 생활은 별 탈 없이 흘러가고 있었다.

일하는 것도 어느 정도 손에 익고, 사람들과도 많이 친해져서 어려운 것은 없었지만 대부분 똑같이 반복되는 일상이 약간은 지루해질 때쯤이었다. 그때가 일한 지 두 달 정도 됐었던 것 같다.

나보다 10개월 먼저 입사한 선배도 나와 같은 지루함을 느꼈었나보다. 그 선배가 어느 날 아침식사 시간에 건의 사항이 있다며 직원들끼리 '마니또 게임'을 하는 게 어떻겠냐고 제안했다.

마니또 게임이라……. 초등학생 때 친구 따라간 교회 '여름 성경 학교'에서 3일 동안 해본 게 내 평생 마니또 게임의 전부였다. 물론 제대로 된 규칙도 몰랐다. 게임을 제안한 선배를 제외한 나머지 직원들은 전부 '그게 뭔데?' 하는 표정으로 그 선배만 쳐다봤다.

선배가 설명했던 룰은 이랬다. 직원들의 이름이 쓰인 제비를 뽑아 이름이 나온 사람의 마니또가 되는 것이다. 1주일 동안 그 사람이 모르게 도움을 주거나 선물, 편지 등을 주면서 '수호천사' 역할을 해주는 것인데, 절대 마니또의 정체를 들켜서는 안 된다. 1주일 후 다 같이 모인 자리에서 들킨 사람은 벌칙을 받는 것이다.

게임 설명을 들은 직원들은 재미있겠다며 다 같이 게임에 참여하기로 했고, 그날부터 우리의 마니또 게임은 시작되었다.

나는 홀에서 함께 일하는 후배 여직원의 마니또가 되었다. 사실 '도와준다'는 개념이 너무 추상적이어서 첫날에 나는 아무런 활동도 하지 않았다. 아직도 그 후배에게 미안한 일이다.

다음 날 아침 출근을 해 평소처럼 옷을 갈아입으려고 라커 문을 열었더니 커피우유, 롤 케이크, 그리고 작은 쪽지가 놓여 있었다.

'오늘 하루 힘내세요.'

-정현 씨의 마니또-

그 쪽지 하나로 나의 마니또 용의자 범위는 확 줄어들었다. 글씨가 매우 삐뚤빼뚤했기 때문에 아직 한글이 익숙하지 않은 중국인 직원 중 한 명이라고 생각했다.

받은 쪽지와 간식거리를 들고 홀로 나오니 사람들은 각자 저마다 받은 선물들을 갖고 나와 자랑하기 바빴다. 그런데 단 한 사람, 내가 마니또가 된 후배만 빈 손으로 쓸쓸한 표정을 짓고 있었다. 게임이라고 해서 대수롭지 않게 여기고 신경 쓰지 않았는데, 그 직원에게는 상처가 될 수도 있다는 생각이 들어 쉬는 시간에 몰래 빠져나가서 쿠키세트를 사 후배의 라커에 넣어두었다.

퇴근시간에 나의 선물을 확인한 후배가 쿠키세트를 들고 나와 다른 직원들에게 자랑하는 모습을 보면서 어찌나 뿌듯하고 떨리던지…….

다음 날 아침에 또 이것저것 간식거리를 마니또 선물로 준비해 출근하는 길이 평소와는 다르게 설레고, 또 어떤 선물이 준비되어 있을까 하는 기대감으로 가득 찼다. '이런 기분을 느끼는 것이 마니또 게임의 묘미구나'라고 생각했다.

그렇게 1주일이 지나고 서로의 마니또를 찾는 날! 첫날 쪽지로부터 얻은 직감으로 나는 주방에서 일하는 중국인 직원을 내 마니또로 지목했다. 정답은 땡. 삐뚤빼뚤한 글씨의 정체는 진짜 내 마니또, 한국인 주방장님이 왼손으로 쓴 것이었다.

그리고 내가 마니또 역할을 해줬던 후배는 어떻게 알았는지 나를 자신의 마니또로 지목했고, 나는 벌칙으로 직원들에게 아이스크림을 사줄 수밖에 없었다.

비록 그때 벌칙을 받았지만, 오랜만에 '게임'이라는 것을 한 기분은 참 새롭고 좋았다.

지금도 매월 마지막 한 주 동안은 마니또 게임을 하는데, 이 젠 사람들이 들키지 않기 위해 쓰는 수법들이 날로 발전해 스릴까지 더해졌다.

일하는 곳에 나만을 위한 수호천사가 있다는 것은 정말 행복한 사실인 것 같다.

그녀의 마지막 선물 🍃

아르바이트든 정직원이든, 우리 매장 직원들의 근무기간은 꽤 긴 편이다. 보통 1년 이상 근무 하다가 어쩔 수 없는 상황에서 그만두는 경우가 대부분이다.

이번 이야기의 주인공은 콴쒀이 광화문점에서 4년 동안 근무한 여자 선배이다. 그녀는 4년 동안 근무를 하다가 결혼을 하게 되어 퇴사를 결정했다. 모두 결혼하고서도 계속 일하면 안 되냐고 붙잡을 정도로 그녀에게 정이 들어 있던 상황이었다.

그녀가 그만두는 날도 일과 시간 중에 특별한 일은 없었다. 그녀는 평소와 똑같이 밝은 인사와 함께 출근해 웃으며 일하고, 직원들과 어울리며 콴쒀이에서의 마지막 추억을 만들었다.

브레이크 타임에 다들 그녀와 작별인사를 하며 아쉬운 마음을 표현했고, 그녀는 20명이 넘는 직원들 한 사람, 한 사람을 위해 준비한 편지를 전달했다.

다른 사람들의 편지는 읽어보지 않아서 내용은 자세히 모르지만, 내가 받은 편지 내용만으로도 난 충분히 감동받았다.

나와 그녀 사이에 있었던 에피소드, 사소한 말다툼, 함께 일하면서 해결했었던 어려움 등을 적으며 추억을 되새기게 해주었던 그녀의 편지. 그리고 그 마지막 한 줄을 아직도 잊지 못한다.

"10년 만에 다시 고등학교를 다니는 기분이었어. 고마워."

그 편지를 받기 전까지는 그런 생각을 한 적이 없었는데, 그 한 줄을 읽고선 정말 내가 학교를 다니고 있다는 생각이 들었다.

아침 9시 30분, 매장에 출근해 온종일 한 공간에서 부대끼며 즐거운 일도, 화가 나는 일도 서로 공유하며 살아가는 사람들. 가끔 너무 심한 장난을 치며 놀아서 지배인님께 혼도 나지만 그것마저도 웃으며 즐거워하는 사람들. 어쩔 땐 투닥거리며 다투기도 하지만 하루가 채 가기도 전에 웃어넘겨 버리는 사람들. 마치 학창시절 교실 내에서 있을 법한 일들이 콴쉬이에서 일어나고 있는 것이었다.

'고등학교.' 딱 맞는 표현이었다. 마냥 어리지만은 않은 사람들, 그렇다고 삭막한 사회인들이 모인 것 같지는 않은 곳. 우리에게 콴쉬이는 그런 곳이었다.

나중에 안 사실이지만 그녀가 직원들에게 쓴 편지의 마지막 한 줄은 모두 같았다고 한다. 그 한 줄은 나뿐만 아니라 모든 직원들에게 콴쉬이를 한마디로 정의할 수 있는 계기가 되었다.

콴쉬이를 '다니고' 있는, 그리고 콴쉬이를 '졸업'한 모든 직원들은 인생에서 다신 없을 줄 알았던 학창시절을 콴쉬이에서 다시 한 번 보낸 것이다.

한국인 아빠, 중국인 딸 🍃

　나보다 좀 더 빨리 사회에 첫발을 내딛은 선배들의 조언 중
가장 많이 들었던 것이 '가족 같은 분위기를 강요하는 직장에
는 절대로 들어가지 말라'는 것이었다. '가족 같은 분위기'를
강조하면서 직원의 희생을 바라는 게 현실이라는 것이다.

　선배들의 충고를 마음에 새긴 상태로 최대한 경계하며 사회
생활을 하던 나는 콴쉬이 원효로점에 심부름을 갔다가 정말
가족 같은 분위기를 느끼게 되었다.

　40대 중반 정도 되는 지배인님께 20대 초반 정도의 여직원
이 '아빠'라고 부르며 반말까지 쓰는 모습을 보게 된 것이다.
거기까지는 그럴 수도 있었다. '아빠가 일하는 매장에서 딸이
아르바이트 하는구나' 정도로 생각했기 때문이다.

　한 10분 정도가 지난 후, 그제야 이상함을 느꼈다. 지배인님

은 아무리 봐도 한국인이 맞는데 그를 '아빠'라고 부르는 직원은 한국말을 제대로 못하는 중국인이었던 것이다.

아빠는 한국인인데 딸은 중국인? 궁금함을 참지 못하고 다른 직원에게 물어보니 타지에서 온 중국인 직원이 외롭지 않게 지배인님이 자처해 '한국 아빠'가 되 주신 것이라고 한다. 반말을 하는 것은 아직 한국말이 익숙하지 않은 직원을 배려해 이해하고 넘어가는 것이었다. 호칭만 '아빠'와 '딸'이 아니었다. 정말 아빠와 딸처럼 쉬는 날 있었던 일, 친구 관계에 대한 고민 등을 털어놓으며 가깝게 지내는 것이 짧은 시간 동안에도 눈에 보였다.

생각해 보니 내가 일하는 광화문점도 호칭에 있어서 '아빠', '엄마', '아들', '딸'이 아닌 것뿐이지, 모두가 가족처럼 서로를 챙겨주는 것은 사실이었다.

아침을 급하게 먹다가 체했을 때 주방 직원이 죽을 쒀 준 일, 집안에 안 좋은 일이 있을 때 모든 직원들이 자기 일처럼 걱정해주고 위로해 준 일……. 모든 일에서 그들은 진짜 내 가족처럼 나를 생각해주었다.

그 날 나는 인생 선배들의 말만 듣고 '가족 같은 분위기'를 너무 경계했던 내 자신에 대해 반성했다. 또 어떤 상황에서도 결코 나의 희생을 강요하지 않는 나의 콴쒸이 식구들에게도 미안한 마음이 들었다.

그들은 억지로 '가족 같은 분위기'를 만들려고 한 것이 아니었다. 서로에게 진짜 가족이 되어주려고 노력하는 것이었다.

대화가 필요해 🍃

몇 년 전 일요일 밤마다 꼭 챙겨봤던 〈개그콘서트〉의 코너 중 '대화가 필요해'라는 코너를 기억한다. 엄마, 아빠, 아들, 세 가족이 식탁에 앉아 어떻게든 대화를 이어가려고 하지만 결국 아버지의 '밥 묵자'라는 말로 침묵을 지켜 웃음을 자아냈던 코너이다.

개그 코너에서도 활용할 만큼, 우리나라 사람들은 밥 먹으면서 거의 대화를 하지 않는다. 어떤 사람들은 예의가 아니라고 생각할 수도 있기 때문이다.

하지만 콴쒀이에서의 식사는 다르다.

매장 운영 시간이 길기 때문에 우리 직원들은 보통 아침, 점심, 저녁을 매장에서 해결한다. 물론 정신없이 바쁜 날은 대화가 중심이 아니라 끼니를 때우는 것이 중요하긴 하다. 하지만 그렇지 않은 날은 모든 직원들이 식사를 하면서 이런 저런 얘기를 나누려고 노력한다.

어제 손님과 있었던 일, 퇴근하는 길에 생긴 일, 일할 때의 고충, 개선했으면 하는 점 등을 서로 공유하면서 스트레스 해소도 하고 문제점도 해결하는 것이다.

앞서 말했던 '마니또 게임'의 경우도 그렇다. 아침식사 시간에 나온 한 직원의 제안으로 지루했던 일상을 즐겁게 바꾼 것이다.

식사 시간을 이용해서 대화를 하는 것은 다른 대화 방법보다 훨씬 자연스럽고 부담스럽지 않다는 장점이 있다. 또 모든 직원이 있는 자리에서 내용을 공유할 수 있기 때문에 두 번 말하게 되는 번거로움과 전달하는 과정에서 생기는 오해 등은 저절로 해소된다.

몇 개월 전에 있었던 일인데, 한 직원이 집안에 안 좋은 일이 있어 오전 시간 내내 표정이 어두웠던 적이 있었다. 모두들 느끼고 있었지만 일과 시간 중에 물어보기도 뭐하고, 당사자 또한 개인적인 일을 선뜻 먼저 말하기도 애매했을 것이다.

점심식사를 하던 중 다른 직원 한 명이 자연스럽게 그 직원에게 "오늘 무슨 일 있어?"라며 먼저 이야기를 꺼냈고, 그 직원도 자세하게는 아니지만 "집에 조금 안 좋은 일이 있는데 걱정이 돼서요."라고 대답했다. 점심시간이 끝난 후 그 직원은 다른 직원들의 배려로 조퇴를 할 수 있었다.

또 이런 일도 있었다. 손님의 컴플레인으로 담당 직원이 온종일 위축되어있던 적이 있었는데, 다 같이 저녁 식사를 하면서 지배인님이 "ㅇㅇ씨, 너무 위축되지 마. 서비스업을 하다보면 이런 일도 있고, 저런 일도 있는 거야."라고 따뜻한 한마디를 건네셨다.

컴플레인을 받았던 그 직원의 창피함과 그 직원에 대한 다른 사람들의 민망함이 모두 해결되는 순간이었다.

말이라는 것이 그렇다. 내뱉지 않으면 그냥 아무것도 아닌 게 되는 것이다. 하지만 말을 하기 위해서 일부러 분위기를 만들기는 너무 부담스러운 게 사실이다.

자연스럽게 대화를 나눌 수 있는 자리, 이야기를 딱딱하지 않게 끌어낼 수 있는 자리인 식탁에서의 이야기가 콴쉬이에서 일어나는 거의 모든 문제를 해결해주는 것이다.

소주 한 잔

콴쒸이에서 2년 넘게 근무를 하면서 그만두고 싶었던 적이 없었던 것은 아니다. 일의 특성상 근무 시간이 길어서 체력적으로 힘든 것, 사람을 대하는 일이기 때문에 정신적으로 받는 스트레스 등이 몇 번이나 '그만둘까?'라는 생각을 하게 만들었다.

나뿐만 아니라 많은 직장인들, 많은 노동자들이 그렇겠지만 그때마다 나를 붙잡았던 건 월급도, 내 일에 대한 자부심도 아닌 직원들과 함께 하는 퇴근 후의 '소주 한 잔'이었다.

시작은 나와 동갑내기 남자 직원과의 '소주 한 잔'이었다. 그도 나와 똑같은 고민, 똑같은 어려움에 몇 번이나 퇴사 고민을 했다고 한다. 포장마차에 마주 앉아 평소에는 말하지 못했던 매장에서의 힘든 일·스트레스 해소법도 공유하고, 또

대상도 없는 욕을 하면서 그 날은 그렇게 버텼던 것 같다.

그 다음은 나보다 1년 정도 더 오래 근무했던 선배와의 '소주 한 잔'이었다. 내 고민을 들어주고, 선배만의 노하우를 전수받으며 함께 더 버텨보자고 '짠!'을 외쳤다.

항상 '일대일'로만 술자리를 가지는 것은 아니었다. 매장을 정리하고 나면 밤 10시가 다 된 늦은 시간. 온종일 일에 시달려 모두 녹초가 되었지만 가끔 지친 몸을 이끌고 다 같이 회식을 하는 것도 빼놓을 수 없는 콴쒀이의 즐거움이었다. 회식자리에서 직위는 없다. 모두가 똑같이 '콴쒀이에서 일하는 직원'이었다. 회식 다음 날 아침 모두 퉁퉁 부어버린 얼굴을 바라보며 웃는 것도 일에 찌든 서로를 위로하는 방법이었다.

그래서 난 새로운 직원이 오면 의무적으로 "술 마시고 싶으면 말해. 내가 살게."라는 말을 꼭 한다. 몇 번의 슬럼프를 겪은 내가 그동안 전수받은 노하우, 해소법 등을 새로운 직원에게 알려주고 싶기 때문이다. 그러면 보통 3개월 이내로 신입직원으로부터 '콜'이 들어온다. 그 직원도 '소주 한 잔'의 도움을 받을 때가 온 것이다.

나보다 더 살아 본 인생 선배들은 말한다. "인생 뭐 있냐."라고……. 지금보다 어릴 땐 몰랐는데 이젠 그 말에 조금이나마 동의한다. '소주 한 잔'과 버텨온 콴쒸이에서의 내 2년을 돌아보면서 말이다.

당근으로 만든 채찍 🌿

콴쒀이에서 일하는 직원은 고등학교를 막 졸업한 스무 살부터 50대 중반까지 연령대가 매우 다양하다. 누군가 실수를 했을 때, 혹은 자신의 일에 최선을 다하지 않았을 때 누가 누구를 혼내고 다그치기가 애매한 나이 차이다.

그래서인지 우리는 일을 먼저 시작한 선배라도 누군가를 꾸짖거나 쓴소리를 하는 경우가 거의 없었다. 대신 격려를 해주거나 열심히 할 만한 계기를 서로 만들어 주려고 했다.

이게 바로 지금 콴쒀이에 있는 '당근으로 만든 채찍'으로 발전했다.

작년 여름쯤, 지배인님의 제안으로 매월 말 '이 달의 우수사원'을 선발하고 있다. 다른 음식점과 조금 다른 점이 있다면 이 우수사원은 손님이 아니라 같이 일하는 직원이 직접 뽑는 것이다.

우수사원으로 선발된 직원에게 소정의 상품을 전달하는 '우리들만의 시상식'도 매달 열린다. 20여 명의 직원들끼리 매달 투표를 하는 것이라 시행한 지 1년 만에 중복 선발된 사람도 꽤 있다.

이 제도를 시행한 후에 달라진 점이 있다면 누가 시키지 않아도 남들보다 많은 일을 하려고 하는 직원들의 태도이다. 처음에는 한 사람이 몰표를 받는 등 차이가 있었는데, 이제는 모두가 열심히 하기 때문에 1등과 꼴찌의 차이가 거의 없다. 투표 결과가 공개되기 때문에 초반에 표를 못 받은 직원들이 스스로를 채찍질 한 것이고, 선발되었던 직원은 그 자리를 지키기 위해서 더욱 노력을 하는 것이다.

콴쉬이에서는 그 누구도 잔소리를 하거나 인상을 쓰지 않는다. 모두가 웃으면서 일종의 게임 같은 투표를 하고, 그중 누군가는 상품까지 얻는다. 기분이 상하지도, 아프지도 않은 채찍인 것이다.

'이 달의 우수사원' 제도뿐만 아니라 매장에 도움이 되는 아이디어를 내고, 실제로 적용이 되면 아이디어를 낸 직원에게 특별포상을 주기도 한다. 그러다 보니 실현 가능성이 있는 괜찮은 아이디어를 가지고 있는 직원은 제안을 하기에 바쁘다. 여기에도 기분 좋은 채찍의 효력이 발생하는 것이다.

말하지 않아도 알아요 🍃

처음 콴쒸이에서 일하게 되었을 때 가장 적응하기 힘들었던 부분은 직원들끼리의 '사인'이었다. 아니, 특별히 사인이라고 할 것도 못된다. 그저 눈빛으로만 주고받는 '사인'을 처음 일하는 내가 어찌 알아듣겠는가.

앞에서 말했듯이 콴쒸이 직원들의 평균 근무기간이 짧지는 않다. 그렇게 오래 일하다 보니 정말 서로 눈빛만 봐도 통하는 사이가 되는 것이다.

입사 초반에 내가 겪었던 일을 말하자면 아직도 정말 황당하다. 손님께 주문을 받고 있었는데 아마 그때 메뉴가 중새우 요리였던 것으로 기억한다.

카운터 쪽에서 지배인님이 "정현 씨!"하고 부르시더니 아무 말씀 없이 쳐다보시기만 하는 것이었다. "네?" 하고 입을 뻥긋

거리자 지배인님은 눈동자를 여기저기 굴리시며 또 아무 말씀을 하지 않으셨다.

이게 뭔가 싶었지만 별일 아니겠지 하고 주문을 끝내려는데, 근처에 있던 선배가 지나가면서 귓속말로 작게 "정현 씨, 지금 중새우 요리 안 된다잖아요."라고 말하는 것이다. 대체 누가, 언제 나에게 그런 말을 해줬단 말인가.

그 일을 계기로 나는 직원들끼리 통하는 '사인'을 읽어보려고 부단히 노력했다. 하지만 그게 말처럼 그리 쉽지가 않았다. 일명 '중새우 사건'과 같은 일들이 두세 번 더 있었다.

그리고 일한 지 1년 정도 지난 어느 날부턴가, 나는 드디어 콴쒀이 사람들의 '사인'을 읽을 수 있게 되었다. 말도 아니고, 손짓, 발짓도 아닌 그저 눈빛으로 말하는 '사인'. 함께 오래 일하다 보니 자연스럽게 읽을 수 있었던 것이다.

이제 와서 생각해보면 우리들만의 '사인'은 굉장히 효율적이고, 신사적이기까지 한 것 같다. '중새우 사건'만 해도 그렇다. "정현 씨! 지금 중새우 요리 안 돼요! 주문 받지 말아요!"라고 말하는 것보다 얼마나 예의 있고, 매너 있는 행동인가.

이젠 나도 직원들끼리 '사인'을 주고받는다. 가끔 어려운 사인을 보내도 알아듣는 직원이 있으면 뿌듯하기까지 하다. 또 다른 사람은 모르는 비밀을 공유하는 느낌도 든다. 언제부턴가는 서로 사인을 주고 받는 것이 익숙해지다 보니 말하는 것보다 눈빛으로 이야기하는 것이 더욱 편한 것 같은 말도 안되는 기분까지 들곤 한다.

선의의 거짓말 🍃

앞서 말했지만 콴쒀이에는 지점마다 중국인 직원이 몇 명씩 근무를 하고 있다.

국적이 다르다는 것, 의사소통이 약간 어렵다는 점을 제외하면 사실 일하는 부분에서는 아무 문제가 없는, 똑같은 우리의 식구들이다.

모두 똑같다고 생각하고 차별 없이 그들을 대하지만 딱 한 번 차별 아닌 차별을 두었던 일이 기억에 남아 있다.

작년 추석 연휴 때의 이야기이다. 서비스업의 특성상 일명 '빨간 날'에 전부 쉬는 것은 하늘의 별 따기이지만 고향에 자주 내려가지도 못하는 중국인 직원들은 최대한 연휴에 휴무를 쓸 수 있게 배려를 해 준 적이 있었다.

한 여직원은 연휴가 연휴인 만큼, 고향으로 가는 항공편을 예약하려고 한참 전부터 알아보았지만 연휴 직전에 이용할 수 있는 항공편은 이미 예약이 끝나서 고향에 갈 수 없을지도 모르는 상황에 처했다.

일 년에 한두 번 겨우 갈까 말까 한, 가족들이 있는 고향에 못 가게 된다고 생각하니 그녀도 어지간히 속상했을 것이다. 숨기려고 했지만 며칠 동안 계속되는 어두운 표정에 심지어 화장실에서 혼자 울고 있는 그녀를 다른 직원이 겨우 달래주었다는 이야기도 있었다.

그때 평소에 그녀와 친하게 지내던 한국인 직원 한 명이 본인이 그 달 휴무를 반납할 테니 하루 더 일찍 고향에 내려가게 하면 어떻겠냐고 지배인님께 부탁을 드렸고, 그 이야기를 들은 다른 직원들 세 명도 본인의 휴무까지도 그 여직원이 쓸 수 있게 해달라고 의견을 냈다. 나머지 직원들은 다들 피치 못할 사정으로 휴무를 양보하지는 못했지만 마음만큼은 그녀가 힘들어하는 것을 진심으로 걱정해주었다.

결국 매장 측에서도 직원들의 배려를 받아들여 그렇게 하는 것을 허락했고, 혹시나 그 직원이 부담감을 느낄까봐 그녀에게는 '추석연휴 특별휴가'로 말하기로 입을 맞췄다.

그래서 그 직원은 원래 고향에 가 있으려고 했던 일정보다
이틀 일찍 출발해 이틀 더 늦게 한국으로 돌아왔고, 평소보다
더 여유롭게 가족들과의 행복한 시간을 보낼 수 있었다고 기
뻐했다.

거의 1년이 다 되어가는 일이지만 아직까지도 그녀는 우리
가 거짓말을 했다는 사실을 모른다. '빚을 지고 있다'는 생각을
가질 수도 있기 때문에 모두가 조심하고 있다.

가끔은 선의의 거짓말로 한 사람을 속이는 것이 나쁘지 않을
수도 있다는 생각을 하게 한 경험이었다.

직원 싸움은 칼로 물 베기

아무리 우리 직원들이 사이가 좋고 항상 즐겁게 지내려고 노력은 한다지만, 사실 여러 사람이 모여 지내는 곳에 단 한 번의 다툼도 없었다고 하면 거짓말일 것이다. 내가 2년여 동안 콴쒸이에서 본 직원들 간의 다툼은 많지는 않지만 네다섯 번 정도는 있었던 것 같다.

어린 아이들도 아니고 서로를 이해할 만한 포용력은 가지고 있기 때문에 보통 당사자들끼리 금방 해결하는 것이 대부분이지만, 한 가지 기억나는 일이 있어서 적어본다.

싸움은 아주 사소한 것에서 시작됐다. 평소 친하던 두 여직원이 있었는데, 한 여직원이 마지막 손님을 응대하느라 조금 늦게 퇴근을 하게 되었고 나머지 한 여직원이 본인을 기다리지 않고 먼저 퇴근했다는 것에 대한 서운함이 이유였다. 정말,

아주 정말 사소한 이유다. 하지만 나이도 같고, 사석에서도 굉장히 친했던 두 사람이었기 때문에 이해는 간다.

여하튼 두 사람의 냉전기는 생각보다 꽤 오래 갔다. 일을 할 때 빼고는 거의 한 몸처럼 붙어있던 두 사람이 이틀이 지나도록 말 한마디 나누지 않았던 것이다.

이에 옆에서 지켜보던 직원들이 특단의 조치를 내렸다. 둘이 붙어 있을 수밖에 없는 상황을 계속해서 만들었다. 식사 시간에는 모두가 기다렸다는 듯이 붙어있는 두 자리를 비워두고 자리를 차지했고, 두 사람만 외부로 심부름을 가게 하기도 했다. 어쩔 수 없다는 것을 어필하기 위해서 다른 직원들은 바쁘게 다른 일에 집중했다. 어찌 생각하면 굉장히 유치한 조치였다.

이처럼 직원들의 피나는(?) 노력에도 그녀들은 쉽사리 화해하지 않았다.

그런데 그 날 저녁, 우연인지 운명인지 아주 기가 막힌 상황이 벌어졌다. 이틀 전과 똑같이 마지막 손님이 조금 늦게 자리에서 일어나시게 된 것. 이번에는 이틀 전 먼저 퇴근을 했던 직원이 그 손님을 응대하게 되었다.

'기회는 이 때다!' 싶었던 직원들은 나머지 여직원에게 쓸데 없는 말을 걸고 질문도 하면서 은근슬쩍 그녀를 매장에 붙잡아 두었다.

결론적으로 두 사람은 그 일을 계기로 다시 둘도 없는 '베스트 프렌드'가 되었다.

손님을 응대하던 직원이 나머지 여직원이 아직 퇴근하지 않은 것을 보고 감동을 받아 먼저 화해의 손길을 내민 것이다. 나머지 한 여직원이 처음부터 의도한 건 아니지만 어쨌든 감동적이고 훈훈한 결말을 맞이했다.

콴쉬이 직원들은 항상 그렇다. 단 두 명의 직원의 분위기가 안 좋으면 모두가 불편해 어쩔 줄을 몰라 하며 그 상황을 해결하기 위해 애쓴다. 콴쉬이 사람들이 한 사람도 소외되지 않고 다 같이 어울리며 잘 지내는 것은 아마도 이런 사람들로만 구성되어 있기 때문이 아닐까 싶다.

중국에는 정말 짜장면이 없을까?

어릴 적부터 친구들끼리 시비를 가리던 주제들 중 '중국에는 짜장면이 없다'라는 말을 기억하는가. 참 아이러니한 명제가 아닐 수 없었다. 중국 음식의 대표로 꼽히는 짜장면이 정작 중국에는 없다는 사실로 옳고 그름을 따지는 것이 어찌 보면 참 웃긴 일이다.

결론부터 말하자면 중국에도 짜장면은 있다. 산동성 사람들이 전래시켰는데 없을 리가 없다. 산동성뿐만 아니라 중국 동북부 지방 여기저기에서 먹던 음식이다. 정통 명식은 '자장미엔(작장면)'.

중국으로 여행을 가는 한국 사람들은 이 원조 짜장면 '자장미엔'을 먹기 위한 노력을 한다. 그래놓고 막상 주문한 자장미엔을 보면 당황스러워 하는 것이 대부분의 반응이다. 면 위에 뻑뻑해서 잘 비벼지지도 않는 검은 덩어리 하나, 그리고 완두콩 몇 알이나 오이 몇 조각으로 구성된 자장미엔이 낯설 수밖에 없었던 것이다. 어쩔 줄 몰라 하며 다른 사람들이 먹는 모습을 보면 짜장면을 비벼 먹는다는 것보다는 이리저리 묻혀 먹는다는 표현이 더 어울릴만한 모습을 하고 있었을 것이다.

여기서 우리의 짜장면과 중국의 자장미엔이 같은 음식인가 시비를 가리게 된 것이다. 중식, 한식 짜장면의 차이는 '물기'다. 위에서 말한 것처럼 중국식 자장미엔은 먹기 난감할 정도로 뻑뻑하다. 옛날 음식이라서 그런 것이 아니라 지금도 그렇다. 반면 우리에게 익숙한 짜장면은 물기가 많은 편이라 비벼 먹기 쉽다. 중국에서 태어나 한반도에서 100년 동안 진화한 짜장면은 몸에 물기를 가득 얹고 재탄생한 것이다. 오히려 우리의 서울식 짜장면이 중국 북경 등에 역수출되어 인기를 끄는 신기한 현상까지 일어나고 있다.

중국에서 시작되었지만 한국에 정착해 한국인들의 특성에 맞춰 다시 태어난 짜장면. 이를 중식이라 불러야 할지, 한식이라 불러야 할지 시비를 가리는 데에는 아직도 모호한 점이 없지 않다.

PART 2

지킬 건
지키자

얼굴 찌푸리지 말아요 🌿

서비스업에 종사하는 사람들은 거의 비슷한 부분에서 스트레스를 받고 있을 것이라 생각한다. 힘들어도 스마일, 짜증나도 스마일, 귀찮아도 스마일……. 억지웃음을 짓는 것은 아무리 연습해도 힘든 일이다.

나도 그렇고, 콴쒸이에서 일하는 모든 직원들도 그렇다. 하루 10시간이 넘는 시간 동안 웃으면서 일을 한다는 게 쉽지만은 않다. 또 상황이 더욱 힘들게 만들 때도 있다.

하지만 손님이 보는 '가게의 얼굴'인 직원들이 어두운 표정을 하고 있을 수는 없기 때문에 우리는 매일 아침 스마일 연습을 한다.

어린 시절 사진을 찍을 때처럼 '김~치'나 '와이키~키'를 말하는 연습이 아니라, 진심에서 우러나오는 행복한 웃음을 짓는 연습이다.

하루 일과 시작 직전에 우리는 2인 1조로 짝을 이루어 마주 선다. 그리고 그 날의 모습을 서로 칭찬해주는 것이다.

처음에는 "오늘 화장이 잘 어울리시네요.", "아침부터 당신과 짝이 되어서 참 기뻐요." 등 형식적인 칭찬으로 시작했다. 이것도 나쁘진 않았지만 사실 '시키니까 한다.'는 느낌을 버릴 수가 없었다.

하지만 하다 보니 이제 서로를 진심으로 웃음 짓게 하려고 미리 준비까지 하게 됐다. "ㅇㅇ씨는 잘생기지는 않았지만 볼매(볼수록 매력 있는)스타일이에요.", "ㅁㅁ씨는 가끔 시끄럽긴 하지만, 활기차서 좋아요" 등 농담이지만 친하기에 웃어 넘길 수 있는 멘트로 '웃기기 대회'를 하는 것처럼 스마일 연습을 한다.

이렇게 웃음으로 하루를 시작하다 보니 스마일 연습을 시작하기 전보다 매장 분위기도 훨씬 활기차지고, 온종일 좀 더 자연스러운 미소를 짓고 있을 수 있게 되었다.

오늘 아침에 들었던 최고의 칭찬은 "정현 씨, 요즘 책 쓰신다더니 외모도 지적이게 변하는 것 같아요."였다.

사실 '지적이다'는 말 보다는 '잘생겼다, 멋있다.'는 말을 들었다면 더 기분이 좋았을 것 같긴 하다.

때와 장소 가리기 🌿

직원들끼리 서로 친하고, 워낙에 스스럼없는 사이로 지내다 보니 가끔 때와 장소를 인식하지 못하고 실수를 하는 경우가 있다.

물론 모두 딱딱하고 수직적인 매장 분위기는 반대하는 입장이라서 평소에는 크게 문제가 되지 않는다. 하지만 모두가 무언의 약속으로 정한 조심해야 할 '때'와 '장소'가 있다. 바로 '손님이 계신 곳과 그 시간'이다.

'가린다'고 해서 평소와 180도 다르게 조신한 척, 안 친한 척 행동하는 것이 아니다.

평소에 서로 말을 놓고 지내던 직원들 간의 높임말, 은연중에 사용할 수 있는 속어 조심하기, 손님이 불쾌할 수도 있는 직원들 간의 장난 자제하기 등 당연하지만 여차하면 실수할 수도 있는 것들에 대한 약속이다.

직원들 간의 관계에 관련된 것은 아니지만 나도 한 번 '때와 장소 가리기'를 하지 못해 지적을 당한 적이 있었다.

유니폼을 계속 챙겨 입기가 불편해 쉬는 시간에 잠깐 바지 밖으로 셔츠를 내놓고 있다는 것을, 손님을 응대할 때까지 깜빡하고 그대로 둔 것이었다.

내가 다른 레스토랑에 가서 식사를 할 때에도 복장을 제대로 갖추지 않은 직원의 응대를 받으면 기분이 나쁠 때가 있는데, 정작 내가 그 부분을 놓치고 실수를 한 것이다.

입장을 바꿔 생각해보니 '내가 응대했던 손님이 나로 인해서 불쾌감을 느꼈을 수도 있겠구나'라는 생각이 들었고, 그때 이후로는 손님을 응대하기 전 사소한 것 하나까지 신경 쓰는 습관이 생겼다. 때와 장소를 가리는 것의 중요성을 깨닫게 된 것이다.

매장을 내 집처럼

 여느 음식점이 다 그렇듯이 정오부터 오후 2시 그리고 저녁 6시부터 저녁 8시까지의 식사 시간을 제외하고는 정신없이 바쁜 경우는 거의 없다. 가끔씩은 손님이 한 명도 없는 시간도 있다.

 이런 시간에 특별한 일거리가 없으면 보통 직원들은 의자에 앉아서 쉬거나 모여서 담소를 나누기도 한다. 앉아서 쉰다고 지배인님, 주방장님, 본사 대표님 누구 하나 혼을 내지는 않는다. 오히려 '가끔은 그런 시간도 있어야 일할 맛이 나는 거지'라고 격려해주신다.

 그러나 일과 시간 중 꼭 지켜야 할 시간이 있다. 매장을 청소하는 시간이다. 하루에 두 번, 오전에 매장 오픈하기 전과 오후 3시 브레이크 타임이 시작할 때이다. 이 시간에 각자가 맡은 부분에 대한 청소는 확실하게 끝내야 한다.

음식을 먹는 곳이기 때문에, 손님이 오는 곳이기 때문에 청소를 하는 것도 있지만, 사실 청소를 하는 이유는 정작 우리들, 콴쒸이 직원들을 위해서이다.

우리는 하루에 길게는 10시간정도 콴쒸이 매장 내에 머무른다. 그 곳에서 일만 하는 것이 아니라 밥도 먹고, 수다도 떨고, 쉬기도 하며 하루 일과 시간의 대부분을 보낸다. 집에서 있는 시간만큼 콴쒸이에서 보낸다고 생각을 하면 된다.

다시 말해서 콴쒸이 직원들이 꼭 청소시간을 지키는 이유는 본인들의 집을 청소하는 이유와 같다. 각자의 집에 먼지가 쌓이고, 쓰레기가 굴러다니는데 그냥 방치해 둘 사람은 없을 것이다. 자신이 시간을 가장 많이 보내는 곳이기 때문에 청소를 한다.

콴쒸이 직원들이 청소를 할 때 각자 구역을 정하는 것은 '그 부분은 책임지고 청결을 유지해야 한다'는 약속을 정한 것과 마찬가지다. 실제로 이렇게 구역을 정해 청소를 하다 보니 굳이 청소시간이 아니더라도 본인이 맡은 구역이 깨끗하지 못하면 눈에 보일 때마다 치우게 된다.

매장을 내 집처럼 생각하고, 책임감 있게 청소를 하는 직원들 덕분에 오늘도 콴쒸이가 '반짝반짝' 빛날 수 있는 듯하다.

내 가족이 먹는 음식 🌿

　나는 어렸을 적 중국음식을 꽤 좋아하는 편이었는데, 어머니께 짜장면이나 탕수육이 먹고 싶다고 하면 항상 시켜 먹는 건 지저분하다며 직접 해주셨던 기억이 있다.

　어릴 때야 달달하고 맛있으면 그만이었지, 비위생적이거나 건강에 안 좋은 건 크게 신경을 안 썼다. 하지만 나이가 들수록 나도 어머니와 같은 생각을 하게 되었고 언론에서도 중국음식이 몸에 안 좋다고 이야기를 많이 하니 잘 먹지 않게 된 것이 사실이었다. '중국음식은 절대로 먹으면 안 돼'라는 생각이 있었던 건 아니지만 '웬만하면 건강에 안 좋으니까 자제하자'고 생각을 하고 실천해왔다.

　콴쉬이에 근무하기 전까지 그 생각은 한결 같았다. 하지만 여기서 만들어지는 중국음식을 보니 중국요리가 결코 비위생

적이고 지저분한 것이 아니라는 것을 알게 되었다.

오전 일과 시간 중에 콴쉬이 사람들이 가장 바쁜 시간은 식자재가 들어오는 시간이다. 그 시간이 되면 온 직원이 총출동하여 싱싱한 재료가 들어왔는지, 배송되는 과정에서 혹시라도 오염이 된 건 없는지 정말 철저하게 검사한다. 그렇게 검토를 통해서 통과하지 못한 식자재는 다시 되돌려 보내는 일도 셀 수 없이 많았다.

그렇게 모두가 매달려 심사해 통과된 식재료들도 불과 12시간 후까지 사용되지 않으면, 한 치의 망설임 없이 버려진다. 그날 들어온 식재료만 사용한다는 콴쉬이의 철칙 때문에 그 누구도 남은 식재료에 대해서 미련을 가지지 않았다. 솔직히 말하면 우리 집에서 먹는 음식들보다 더 싱싱하고 깨끗한 재료로 만들어지는 것 같았다.

그뿐만이 아니었다. 건강에 안 좋다는 편견과는 다르게 몸에 좋은 재료로 음식이 만들어졌다. 자세하게는 모르지만 식용유 대신 카놀라유를 사용하고 한방재료인 토복령으로 모든 요리에 국물을 낸다고 들었다. 요즘 사람들이 좋아하는 '웰빙 음식'인 셈이다.

나는 가끔 주방장님께서 점심이나 저녁에 먹고 싶은 요리가 있냐고 물을 때마다 어렸을 적 혹시 깨끗하지 못할까 봐, 건강에 안 좋을까 봐 먹지 못했던 중국음식에 대한 한을 풀고 있다.

자동 금연 🍃

　나는 비흡연자다. 정확하게 말하자면 1년 반 전만 해도 흡연
자였고, 현재는 비흡연자다.

　아직 젊기 때문에 미디어에서 담배가 아무리 안 좋다고 말을
한들, 솔직히 와 닿지는 않는 게 사실이었다. 주변에서도 끊임
없이 금연을 권유했지만 항상 '언젠간 끊겠지'라는 대답만 했
을 뿐 끊을 생각은 별로 없었다.

　그랬던 내가 현재 비흡연자가 된 이유는 한마디로 '꽌쒀이'
때문이다. 물론 꽌쒀이 방침이 '절대 금연', '퇴근 후에도 금연하
시오' 같은 것은 아니다. 입사 초반에는 틈만 나면 나가서 담배
를 피웠다. 물론 흡연을 한 후에는 손도 깨끗이 씻고, 옷이나
머리카락에서 담배 냄새도 안 나게 조처를 했다. 굉장히 귀찮
은 일이었다. 그래도 음식점에서 담배 냄새가 난다는 것은 흡

연자인 나도 정말 싫어하는 일이기 때문에 어쩔 수 없었다.

매번 그렇게 번거로운 과정(?)을 거치다 보니 적어도 일과시간 중에는 담배를 피우지 않게 되었다.

아침에 출근하기 전에 한 개비, 브레이크 타임에 한 개비, 그리고 퇴근 후 집에 돌아가는 길에 한 개비. 그렇게 세 개비가 하루에 피우는 담배의 전부였다.

그렇게 한 3개월을 버티다 보니, 흡연이 '중독' 때문이 아니라 단순히 '습관'이라는 생각이 들었다. 그래서 '한 번 끊어보자' 하는 결심을 하고 참아 온 것이 벌써 1년 반이 되었다.

이제는 지나가다가 다른 사람의 담배 냄새를 우연히 맡게 되면 역할 정도로 흡연 욕구가 사라졌다. 간접흡연이 얼마나 괴로운 것인지 비흡연자가 되고서야 느끼는 것이다.

처음에 콴쒸이에 들어올 때, '여기서 일하면서 담배를 끊어야지'라는 생각이 있었던 것은 결코 아니다. 음식점에서 일하는 사람으로서 최소한 지켜야 할 예의라고 생각해서 실천했던 것이 어느새 내 건강까지 챙기는 방법이 된 것이다.

건강 뿐만 아니라 금전적인 측면에서도 도움이 되고 있다. 담배를 사는 데에 들었하루 2,700원, 많게는 5,4000원이 고스

란 히 저금통에 들어가 쌓여가고 있기 때문이다.

아직 우리 직원들 중에 흡연자가 몇 명 있는데(물론 일과 시간 중에는 절대 피우지 않는다.) 그 직원들과 눈이 마주칠 때마다 말을 꺼낸다. "귀찮지 않으세요? 끊으세요, 그냥!"

바른 말, 고운 말 🍃

직원들끼리 워낙 막역하게 지내다 보니, 또래 직원들끼리 혹은 친한 선후배 직원들끼리 비속어를 섞인 대화를 하는 경우가 많았다. 어쩔 땐 주위 사람들이 '심하다' 싶을 정도의 욕설 섞인 대화를 농담처럼 주고받는 직원들도 있었다.

물론 당사자들끼리는 친하니까, 농담이니까 대수롭지 않게 여기며 뱉었던 말들이지만 아무리 편한 사이라도 서로 말을 조심했으면 좋겠다는 생각을 한 직원들이 다수 있었나 보다.

그 직원들이 개인적으로 건의를 한 건지 아님 지켜보시다 못해 말을 꺼내신 건지 모르겠지만, 어느 식사 시간에 지배인님이 "다른 사람에게 불쾌감을 주는 언어를 사용하는 사람은 '이달의 우수사원'이나 '특별 포상'의 대상에서 제외시키는 게 어떻겠냐"고 제안하셨다.

모두가 그 제안에 동의를 했고 그 날부터 직원들의 '바른 말, 고운 말' 프로젝트는 시작되었다.

그런데 참 습관이라는 게 얼마나 무서운지…….'욕 안 쓰고 대화하는 게 뭐가 어려워?'라고 쉽게 생각하던 직원들의 생각은 무참히 무너졌다.

그 제도를 시행한 다음달 '이달의 우수사원' 후보자는 고작 네 명밖에 되지 않았다. 그 네 명을 제외하고는 모두 비속어를, 그것도 남에게 불쾌감을 줄 정도로 사용해서 누군가의 '신고'를 당한 것이다. 물론 나도 신고를 당했다.

심지어 중국인 직원들이 중국어로 된 비속어를 사용하는 것까지 놓치지 않고 누군가 신고를 했다.

나를 포함한 직원들은 오기가 생겼다. 그리 어렵지도 않은 일인데 지키지 못한 자신들에 대해서 자존심이 상한 것이다.

그렇게 말조심을 한 지 벌써 8개월째. 솔직히 말하면 8개월 동안 '이달의 우수사원' 후보자에 전 직원이 올라간 적은 없었다. '바른 말, 고운 말' 프로젝트를 처음 제안하신 지배인님 또

한 사람이신지라, 직원들과의 농담 중에 가끔 비속어를 사용
하셨다. 꼭 한두 명씩은 실수를 했다. 하지만 8개월 전과 비교
했을 때 얼마나 눈에 띄는 발전인가.

단 한 명의 직원도 빠짐없이 '이달의 우수사원' 후보자가 될
때까지 '바른 말, 고운 말' 프로젝트는 계속될 것이다. 쭉~!

메모의 습관화 🍃

본사, 원효로점, 광화문점 할 것 없이 콴쮜이 직원들이 모두
공통적으로 가지고 있는 물건이 있다. 바로 다이어리다.

매년 1월 1일 본사에서 일괄적으로 구입해 각 지점으로 직원
수만큼 지급해준다. 같은 디자인이지만 센스 있게도 색깔은
다양하게 구성되어 있어서 매장에 도착한 다이어리 중 각자
취향대로 골라잡는다.

내 2014년 다이어리는 늦게 골라잡은 탓에 '핫핑크'색이 되
었다. 썩 마음에 들지는 않았지만 가지고 다니다 보니 정감은
간다.

어쨌든 각자 지급 받은 다이어리는 '콴쮜이에서의 하루'를
기록하는 용도로 쓰인다. 학창 시절에 쓰던 스터디 플래너와
비슷하다고 보면 된다.

처음에 다이어리를 지급 받았을 때 '업무 보고용인가? 깔끔하게 써서 지배인님이나 본사에 검사를 받는 것인가?' 하는 생각을 했지만 2년째가 된 지금, 내 다이어리를 다른 사람이 보려고 했던 적은 한 번도 없었다. 스스로 관리를 하는 것이다.

작년에 내가 처음 받아서 쓴 다이어리를 보면 정말 가관이다. '초등학생 때 일기도 제대로 써보지 않은 놈이 다 커서 무슨 다이어리인가' 싶어서 하루에 억지로 한두 줄 쓰는 게 전부였다.

그런데 이것도 자꾸 쓰니까 느는 것 같았다. 아침에 출근하자마자 해야 할 일을 전날에 기록하고, 그 날의 휴무자, 특이사항, 손님의 건의사항 등 특별한 일이 있을 때마다 다이어리를 꺼내 기록하다 보니 이제는 칸이 모자랄 정도로 쓸 내용이 많아졌다.

다이어리에 내 하루를 정리하다 보니 무언가를 잊어버리거나 실수하는 일도 많이 줄어들었고, 전달 사항을 포스트잇에 적어 놓고 잃어버리는 일도 거의 없어졌다.

학교 다닐 때 공부 잘하는 친구들이 왜 스터디 플래너에 그렇게 집착하는지를 난 30대가 다 돼서야 알게 된 것이다.

오늘도 콴쒀이 사람들은 시간이 날 때마다, 무슨 일이 있을 때마다 각자의 다이어리와 펜을 꺼내들고 무엇인가를 열심히 쓴다. 아마 우리들은 나중에 콴쒀이에서 일을 하지 않더라도 매년 다이어리를 살 것만 같다.

약속은 지키라고 있는 것 🌿

콴쒸이는 내가 해봤던 다른 일들과 비교했을 때 보다 '자유로운 분위기'라는 장점이 있다. 크게 잘못을 저지르지 않는 이상 나의 행동에 대해 지적하는 사람은 한 명도 없었기 때문이다.

그런데 한 가지, '약속'에 관해서는 매장 사람들, 본사 직원들 모두 철저하다.

약속이라고 해봤자 출퇴근시간이나 청소시간 혹은 기타 손님과의 약속 등이 매장에서 생기는 약속의 전부인데 이런 사소한 것을 지키는 것이 매우 중요하다는 콴쒸이 직원들의 생각이다.

예를 들어, 오늘 오전 10시까지 들어오기로 했던 식재료가 들어오지 않는다면 그 업체와의 거래를 계속 할지 고려해 볼 정도로 모든 약속을 중요시한다.

물론 '어쩔 수 없는 상황'이라는 것은 불시에 찾아오기 마련
이다.

출근을 하는 길에 버스사고가 났다거나 가족 중 한 명이 아
픈데 간호할 사람이 자신밖에 없는 경우에 출근시간에 늦는다
고 해서 아무도 그 사람에게 손가락질을 하지는 않을 것이다.
다만 그런 불가피한 상황에 '전화 한 통'이라도 해주는 것이 약
속을 지키는 것의 한 방법인 것이다.

이런 '약속을 중시하는 문화'가 콴쒸이에 자리 잡고 있다 보
니, 오히려 무단결근, 무단지각 같이 사소한 약속을 어기는 일
은 2년 동안 단 한 번도 보지 못했다.

'내가 입사하기 전 누군가가 약속을 지키지 않아서 크게 혼
났나?' 하는 생각이 들 정도로 약속에 철저한 사람들이다.

내가 힘들면 남도 힘들다 🍃

앞에서 말한 것처럼 콴쒀이 직원들은 매장 청소를 할 때 지배인님부터 막내 직원까지 전 직원이 빠짐없이 참여한다. 그 누구도 꾀를 부리고 청소시간에 빠지거나 개인 용무를 보러 나간 적은 없었다.

직원들 모두 오랜 시간 함께 일하다 보니 다른 사람이 힘든 일을 맡으면 오히려 도와서 처리하려고 하는 모습은 보았어도, 본인의 이득을 위해서 다른 구성원들을 힘들게 하는 경우는 한 번도 없었다.

한 번은 막내 직원이 심한 몸살에 걸려 출근한 날이 있었다. 아침식사도 제대로 못하고 오전 내내 식은땀을 흘리며 겨우 버틴 것을 모든 직원이 알고 안쓰러워했다. 그렇게 겨우 오전 일과가 끝나고 청소시간이 오자 다른 직원들은 막내 직원에게

안에 들어가 쉬고 있으라고 했지만 그녀는 '청소는 같이 하고 쉬겠다'며 고집을 부렸다.

결국 함께 청소를 끝내고 나서야 그 직원은 의자에 앉아 쉬었고, 말은 안 했지만 모든 직원들이 그 모습을 보고 많은 것을 느꼈을 것이다.

그렇게 어린 직원도 본인 한 명이 빠지면 누군가가 본인 몫의 청소까지 해야 한다는 것을 알고 있는데, 그보다 나이가 많은 누군가가 꾀를 부리며 자신의 일을 미루는 것이 얼마나 창피한 것인지 다들 생각해보는 계기가 되었을 것이다.

다행히도 그런 창피한 행동을 하는 사람은 지금까지 우리 콴쉬이 직원 중에는 없었다.

만약에 누군가가 그런 행동을 한다면 영악한 우리 직원들이 무슨 수를 써서라도 그 사람을 골탕 먹일 것을 미리 알고 서로 조심하는 것 같기도……

딤섬은 만두의 중국이름?

교자, 만두 그리고 딤섬. 그저 일본 이름, 한국 이름, 중국 이름의 차이라고 생각했던 때가 있었다. 그중에 딤섬은 '아기자기한 모양과 색깔에 힘입어 꽤 귀여운 이름이 붙여졌나 보다' 하는 말도 안 되는 생각도 했었다.

우연찮게 딤섬의 한자를 보니 '点心(점심)'으로 '마음에 점을 찍는다'는 굉장히 추상적인 의미의 단어였다. 알아보니 '간단한 음식'이라는 의미로 쓰이는 단어란다. 즉 우리가 일반적으로 생각하는 만두 모양의 딤섬 외에도 '간단하게 먹을 수 있는 모든 음식'을 통틀어 '딤섬'이라고 부를 수 있었던 것이다.

지금은 일부러 한 끼를 거르는 사람들 말고는 보통 하루 세 끼를 먹는 것이 보통이지만, 옛날에는 하루에 하는 식사 횟수도 신분에 따라 달랐다고 한다. 중국의 경우 황제는 하루 네 번, 제후는 세 번, 그 외의 관리는 아무리 높은 사람이라도 아침과 저녁 두 끼밖에 먹지 못하게 되어 있었다고 한다. 대부분의 사람들이 하루 두 끼만 먹었던 시절, 시장기를 달래 줄 가벼운 간식거리가 필요해 찾았던 것이 바로 '점심(딤섬)'인 것이다.

세월이 흐르면서 나라나 지역에 따라 읽는 방법이 달라졌고 의미에도 차이가 생겼다. 우리의 발음대로 점심이라 하면 '낮 시간에 제대로 먹는 식사'라는 뜻이 되지만 광동어인 딤섬은

샤오롱빠우

쇼마이

진주단자

새우롤춘권

콴쒸이 춘권

오색수교

'때와 관계없이 가볍게 먹는 식사'라는 의미가 된다.

한편 중국 표준어로 '디엔신'이라고 하면 원래의 의미 그대로 '조금 먹는 간식'의 뜻이 된다.

표준말 '디엔신' 대신 딤섬이라는 광동어로 널리 알려진 것에서 알 수 있듯이 딤섬은 홍콩으로부터 세계로 알려진 음식이다. 중국의 개혁개방 이전, 아시아 금융의 중심지였던 홍콩에서 유행해 서양으로 전해진 것이다.

위에서 말했듯이 중국식 만두를 보고 딤섬이라고 말하는 경우가 많은데 사실은 간단하게 식사처럼 먹을 수 있는 음식은 모두 딤섬이 될 수 있다. 다만 홍콩에서 주로 먹을 수 있는 딤섬 종류가 200여 가지가 넘는다고 하는데, 이 중 가장 대표적인 것이 만두 종류이기 때문에 편의상 그렇게 알려진 것이다.

역사를 거슬러 올라가면 딤섬은 중국의 소위 말하는 '높으신 분'들의 간식에서 출발한 음식이다. 이런 '고급 음식'을 외식을 하면서 쉽게 접할 수 있다는 게 얼마나 복 받은 일인지 새삼스레 생각해 본다.

PART 3

손님에게
영혼을
바치다

이름부터 고객을 생각한
'콴쒸이'

콴쒸이에서 일을 하면서 나는 그야말로 말을 처음 배우는 3살
짜리 어린아이처럼 새로운 단어들을 많이 배우고 있다. 예를
들면 중국음식의 이름이라든지, 주방에서만 쓰는 은어 같은
것들 말이다.

학창시절에 영어 공부도 하기 싫어서 꾀를 부렸던 나인데,
중국말, 일본말 등 온통 난생처음 듣는 말을 배우고 공부하려
니 여간 곤란한 일이 아니었다. 그래도 함께 일하는 사람들 간
의 편리함, 손님들과의 친밀감을 유지하기 위해서 나름대로
게을리 하지 않고 공부했다고 자신한다.

주방에서 쓰는 단어, 홀에서 우리끼리 쓰는 은어, 손님들이
요구하는 것의 비공식 명칭 등을 꾸준히 습득하다 보니 오히려

The contemporary chinese restaurant
GUANXI

다른 직원들에게 '언어 특강'을 할 정도가 되었을 때쯤이었다.

식사를 하고 나가시는 손님께 친절하게 "식사 맛있게 하셨나요?"라고 웃으며 인사까지 마치고 배웅을 해드리려는데, 카운터에 있는 명함을 보더니 "콴쒀이? 중국말이에요? 무슨 뜻이에요?"라며 질문을 하셨다.

'멍 때린다.'라는 단어는 이럴 때 쓰는 것인가 보다. 그렇게 열심히 언어 공부를 해왔지만 정작 매일 보는 단어, 매일 말하는 단어인 '콴쒀이'의 뜻을 모르고 있었다니……. 아무 대답도 못하고 멍하니 실없는 미소만 지으며 머리를 열심히 굴려봤다. '영어였나? 일본어인가? 아니지, 중식 레스토랑이니까 중국어인가?' 하며 터무니없는 추리를 하고 있던 찰나, 구세주처럼 지배인님이 등장하셔서 "관계라는 뜻입니다."라고 대답을 해주셨다. 그때서야 손님은 "좋은 뜻이네요. 고생하세요."라며 가게를 떠나셨다.

아마 그 순간 그 손님과 지배인님이 본 내 모습은 정말 '바보' 같았을 것이 틀림없다. 1년이 넘게 일하며 나름 베테랑이 되었다고 자부하고 있었으면서 정작 가게 이름의 뜻도 모르다 니…….

손님이 떠나시고 지배인님은 "정현 씨, 공부 처음부터 다시 해야겠네?"라면서 농담을 건네셨고, 너무 부끄러운 나머지 목적어 없는 "죄송합니다."라는 말밖에 할 수 없었다. 지배인님 께서는 "죄송할 것은 없지만 이번 기회에 확실히 알아둬. 콴쒀이는 항상 고객님과의 관계를 중요시하며, 정성과 서비스를 다하겠다는 다짐의 뜻을 가진 거야."라며 부연설명까지 해주셨다.

그때 당시에는 부끄러움과 창피함, 죄송스러움이 앞섰지만 생각해보면 '콴쒀이'라는 단어가 서비스업의 모든 것을 설명해 주는 것 같다.

사람들과의 관계, 특히 고객님과의 관계를 강조한 이름 '콴쒀이'. 우리 매장의 직원들의 서비스 정신이 투철한 것은 아마도 그 이름에 먹칠을 하지 않기 위한 노력 덕분이 아닐까 싶다.

식사는 선착순

　식사 시간의 콴쉬이는 정말 정신없게 바쁘다. 특히 주변에 회사가 많은 우리 매장 같은 경우에는 점심시간엔 말 그대로 화장실 갈 시간도 없이 바쁜 편이다.

　평소와 같이 바쁘게 지나가고 있던 점심시간. 오후 1시쯤으로 기억한다. 8명이 앉을 수 있는 방 하나만 남고 모든 자리가 꽉 찬 상황이었다.

　그 상황에서 혼자 식사를 하러 오신 손님이 매장 문을 열고 들어왔고, 간발의 차로 6명으로 구성된 손님들이 "자리

있나요?" 하면서 매장에 들어왔다.

카운터에 있던 직원을 비롯해 다른 직원들 모두 서로 눈치만 보며 어떻게 해야 할지 몰라 하는 상황이 되었다. 그도 그럴 것이 혼자 오신 손님을 8인용 룸에 안내해드리기가 애매했기 때문이다.

그때 다른 업무를 보고 계시던 지배인님이 다급하게 입구 쪽으로 오셔서 혼자 오신 손님을 자리로 안내해드렸다. 그리고 나선 6명의 손님께 "죄송하지만 지금 자리가 없으니 밖에서 잠시만 기다려 주시겠느냐"고 정중하게 양해를 구했다.

망설이고 있던 모든 직원들이 당황스러운 순간이었다. 아무리 그래도 8인용 룸에 손님 한 명이라니……. '안 그래도 바쁜 점심시간에 효율적이지 못한 선택이 아닐까' 하는 생각을 한 것이다.

손님들이 모두 빠져나가고 조금 한가한 시간이 되자 지배인님은 직원들을 모아놓고 "인원이 많다고 먼저 온 손님을 무시할 수는 없는 거다. 단 한 분이라도 콴쉬이의 음식을 드시기 위해 오신 분에 대한 배려를 소홀히 해서는 안 된다."고 말씀하셨다.

생각을 해보니 맞는 말이다. 내가 혼자 밥을 먹으러 간 상황에서 다른 테이블이 비었는데도 2인용 테이블이 없다고 계속해서 기다리게만 하면 얼마나 화가 날까? 지배인님은 그 짧은 순간에 그 손님과 입장을 바꾸어서 생각하고 판단을 내린 것이다.

그 이후로 손님의 인원 수 때문에 고민을 하는 직원은 아무도 없었다. 일찍 온 사람이 먼저인 것이 너무나도 당연하기 때문이다.

모든 손님이 VIP가 되는 곳 🍃

콴쒀이에서 '특별대우'라는 것은 없다. 모든 손님들이 특별하기 때문에 군이 특정인에게 '더 특별한' 대우를 해 줄 일이 없는 것이다.

"나 이런 사람인데⋯⋯." 하며 명함을 들이대거나 거드름을 피우는 손님들이 있다는 이야기는 들은 적이 있다. 다행스럽게도 이제 이런 부끄러운 행동을 하는 손님들은 거의 없어진 건지, 여하튼 내가 일을 하면서는 한 번도 본 적이 없었다.

오히려 손님조차도 원하지 않는 특별대우를 해주는 가게들은 본 적이 있다.

3개월 전쯤, 홍익대학교 근처에 있는 한 카페에서 커피를 마시며 쉬고 있는데 갑자기 카페 종업원이 다가와서 나가달라고 말을 하는 것이었다. 아직 내 커피는 반이 넘게 남았는데 말이다. 이유라도 듣고자 "왜 그러냐"고 물었더니 가게에 연예인 A씨가 근처에서 진행되는 촬영 중에 그 카페를 대기 장소로 쓰고 있기 때문에 자리를 정리해달라고 하는 것이다. 이 무슨 말도 안 되는 상황이란 말인가. 멀쩡히 내 돈을 주고 커피를 사서 마시고 있다가 '연예인 특별대우' 때문에 쫓겨나게 된 것이다.

내가 이런 말도 안 되는 차별 대우를 받아 본 경험이 있기 때문에 난 결코 일하면서 누군가에게 특별대우를 한 적이 없다.

우리 매장에 오는 손님 중에도 ○○장관, □□국회의원, △△사장의 명함을 갖고 있는 분들이 자주 오지만, 나를 포함한 모든 직원들이 그 손님들을 위해 다른 손님들에게 피해를 준 일은 결코 없다.

콴쉬이의 손님들이 동네 중국집보다 더 비싼 가격을 내고 고급 차이니즈 레스토랑을 찾는 이유는 특별한 것이 아니다. 대접받기 위해서이다.

동네 중국집보다 더 비싼 가격에 '귀한 손님', '중요한 사람' 대
접을 받는 비용도 포함되어 있다고 생각하기 때문에 기꺼이
그 비용을 지불하면서 콴쒀이에 오는 것이다.

모두 대접받기 위해 오는 사람들이기에 그 기대에 공평하게
부응해야 한다는 것이 우리 직원들의 생각이다.

손님과 친해지기 🌿

우리 매장에 평소에도 굉장히 밝고 사교성도 좋아 모든 직원들과 별 탈 없이 친하게 지내는 여직원 한 명이 있다.

어느 날 퇴근 후에 그녀와 같이 지하철을 타러 광화문역으로 걸어가고 있는데, 지나가던 누군가와 인사를 하더니 한참을 서서 이야기를 나누는 것이 아닌가.

나는 속으로 '고등학교 동창인가? 되게 친해 보이네'라고 생각하며 기다리고 있었는데, 그녀가 나를 손짓으로 부르더니 "정현 씨, 와서 인사해요. ○○○님이잖아요!"라고 하는 것이다.

당황한 나는 '나도 본 적이 있던 사람인가?'라며 자세히 상대방의 얼굴을 보니 가끔 우리 가게를 찾는 손님이었다. 어영부영 인사를 드리긴 했지만 정말 참을 수 없이 어색했다.

그렇게 어색했던 몇 분이 흐르고 그 손님은 가던 길을, 나와 그녀 역시 다시 지하철역으로 향하게 되었고 나는 그녀에게 "저 손님이랑 원래 알던 사인가 봐요?"라고 물었다. 하지만 돌아오는 대답은 그냥 가게에서 본 게 전부라는 것.

계속 이야기를 나누어보니 그녀는 그 손님하고만 특별한 관계를 유지하는 것이 아닌 다른 손님들에게도 똑같이 친근하게 대한다고 했다. 비록 일을 하면서 손님과 직원의 관계로 만나게 된 것이지만, '어찌 됐든 관계를 맺게 된 만큼 더 친하게 지내면 나쁠 게 뭐냐'는 것이 그녀의 생각이다.

그런 그녀의 생각이 알게 모르게 매장의 매출에도 도움이 되지 않았을까 싶다. 지하철역 앞에서 만났던 그 손님이 다음 날 식사를 하러 매장에 방문한 것만 봐도 그렇다. 그렇게 대화를 나누고 나서는 '콴쒀이 안 간 지도 좀 됐는데 한 번 들러야겠네'라는 생각을 한 것이 아닐까.

처음엔 조금 낯설었지만 그녀처럼 그렇게 손님들과 친하게 지내는 것도 콴쒀이에서 재밌게 일하는 방법 중에 하나일 것 같아서 나도 노력 중이다. 그래도 매장 밖에서 손님한테 먼저 말을 건다는 것은 생각보다 어려운 일이긴 하다.

안 되면 되게 하라 🍃

콴쒀이에서 일을 하면서 정말 여러 유형의 손님들을 봤는데, 나를 포함한 우리 직원들 모두를 황당하게 만드는 손님들도 적지 않게 있었다.

기억나는 손님 중 하나는 솔직한 말로 '진상 손님'이었다. 5명의 일행과 함께 온 분이었는데 들어 올 때부터 온갖 이유로 자리를 세 번이나 옮기는 것부터 시작해서 심상치 않은 기운을 뿜어냈다.

다른 손님들과 마찬가지로 주문을 하고 준비한 식사가 나오고 별 다른 말씀 없이 식사하시길래 '다행이다' 싶었는데, 한 20분쯤 지났을까. 주방장님을 불러오라며 화를 내기 시작했다.

'혹시 드시던 음식에서 이물질이라도 나온 것일까, 그럴 리가 없는데' 하고 온 직원이 노심초사 하며, 손님과 주방장님의 대화를 엿들었다.

손님이 주방장님까지 소환한 이유는 드시던 '잡채밥이 너무 짜다'는 것이었다. '사람에 따라 짤 수도 있겠지'라고 생각하기엔 이미 그 손님은 잡채밥의 3분의 2 이상을 드신 후였기 때문에 그 상황을 지켜보던 모두는 황당할 수밖에 없었다.

어찌 됐건 손님이 만족하지 못한 상황이었기 때문에 주방장님께서 사과를 드리고, 기존의 잡채밥보다 조금 싱겁게 다시 식사를 준비해드렸다.

여기서 끝이 아니었다. 한참을 드시다가 이번엔 또 너무 싱겁다는 것이다. 이쯤부터는 어이가 없는 것을 떠나서 지켜보는 다른 직원들마저 화가 날 것 같았다.

하지만 여기서 우리의 주방장님. "다시 준비해드리겠습니다."라는 말만 남기고 다시 식사를 준비해드리는 것이 아닌가. 그 순간 정말 존경의 박수를 보내드리고 싶었다.

결국 손님은 세 번째 잡채밥을 남김없이 드신 후에야 만족한 표정으로 매장을 떠나셨다.

솔직히 그 손님께서 음식에 아예 손을 안 대신 것도 아니고

'맛이 없다'던 첫 번째, 두 번째 잡채밥을 반이 넘게 드셨으니 억지라고 해도 틀린 말은 아니다.

그렇지만 안 되는 것도, 틀리다고 생각하는 것도 손님이 '그렇다고' 하면 '그렇다고' 생각하라던 주방장님의 프로 정신은 내가 다른 일을 하더라도 잊지 못할 것 같다.

불평하는 손님은 다시 온다 🍃

그동안 콴쒜이에서 일하면서 많은 일들을 겪어봤지만, 겪을 때마다 아이러니한 것은 화를 내고 불평하며 돌아갔던 손님이 며칠 내로 다시 매장을 방문하는 상황이다.

컴플레인을 걸 때에는 다시 오지 않을 사람처럼 "이것도 맘에 안 들고, 저것도 맘에 안 들고, 이건 고쳐야겠고, 저건 개선해야겠어요"라고 잔뜩 불평불만을 늘어놓고선, 언제 그랬냐는 듯이 다시 매장에 방문해 식사를 하는 모습이 신기할 뿐이었다. 더 웃긴 것은 재방문에도 또 다른 불만 사항을 이야기하고 가는 손님도 가끔 있다는 것이다.

항상 올 때마다 불평불만만 늘어놓으니 처음엔 그런 손님이 반갑지만은 않았던 것이 솔직한 심정이다. 하지만 어느 정도 일을 하다 보니 그런 '불평하는 손님'이 '좋은 손님'이라는 생각을 하게 되었다.

불평을 하지 않는다는 것은 모든 것에 만족한 것이 아니라 말하기조차 싫다거나, 말해봤자 소용이 없다고 생각하는 포기 상태일지도 모른다. 불만을 이야기하지 않는다면 개선된 모습을 바라지도 않을 것이다.

예를 들어 우연히 들른 맛없는 음식점에서 밥을 먹고 나와 맛이 없다고 화내면서 말해봐야 처음 보는 가게 주인의 미움만 살 뿐이지, 그럴 바에는 그냥 "잘 먹었습니다." 한마디 하고 다음에 안 가면 되는 것이다. 나도 그런 적이 몇 번이나 있었다.

하지만 자주 가던 단골집의 음식맛이 어느 날 평소와 같지 않게 별로였다면, 나라도 분명히 말을 하고 나올 것이다. 난 그 집에 또 갈 것이기 때문에 개선해 달라는 일종의 건의인 것이다.

콴쉬이 손님들도 그랬다. 정말 만족해서 '잘 먹었다'고 말하는 손님도 많았겠지만, 가끔 "식사 맛있게 하셨습니까?" 라는 직원들의 질문에 긍정도, 부정도 아닌 대답을 하는 손님은 거의 재방문을 하지 않았다. '어차피 나는 근처에 왔다가 밥 한

끼 먹으러 온 거니까'라는 생각을 하고 계신 것 같았다.

불평의 진실을 알게 되니 나를 포함한 모든 직원들이 손님의
불평, 불만에 귀를 기울이게 되었다. 우리 매장의 '단골손님'이
될 사람의 의견이기 때문이다.

이름이 뭐예요? 🌿

　김춘수의 '꽃'이라는 시를 누구나 한 번쯤은 들어봤을 것이다. '내가 그의 이름을 불러주었을 때 그는 나에게로 와서 꽃이 되었다.'라는 구절은 콴쉬이에서 내가 겪었던 기분 좋은 일을 떠올리게 한다.

　처음에 일을 시작하고 교육을 받을 때, '예약 고객 리스트'를 보게 되었다. 예약을 하는 손님들을 날짜별, 시간별로 정리해두고 미리 자리를 준비해드리기 위해 만들어져 있는 리스트였다. 하루에 수십 건이 넘는 예약현황을 모두 머릿속에 넣기는 어려웠지만, 매일 아침 출근을 해서 예약 리스트를 확인하는 일은 모든 직원들의 '의무'였다.

　어느 날 매장에 걸려오는 예약 전화를 받게 된 적이 있었는데, 예약하시는 분 성함이 귀에 익숙했다. 우리 매장의 단골손님이신데, 오시기 전 꼭 전화 예약을 하시기 때문에 예약 고객 리스트에서 자주 본 이름이기 때문이다.

나도 모르게 반가운 마음에 "아! ○○○님~ 자주 오셔서 기억하고 있습니다."라고 인사를 드렸고, 평소와 같이 리스트에 그 손님의 이름과 예약시간을 적어두었다.

그리고 그날 저녁, 예정대로 그 손님이 일행과 함께 매장에 방문을 하셨고 다른 직원이 자리를 안내해드리려 하자 "혹시 아침에 나와 통화한 남자 직원이 누군가요?"라며 나를 찾으셨다. "접니다"라며 인사를 드리자 굉장히 반가워하시면서 "아~ 나는 내 이름까지 알고 있길래 누군가 했지. 나도 이 직원 자주 봤지! 내가 여기 단골인데 자주 오다 보니까 직원들이 이제 이름만 대도 누군지 알더라고~" 하시며 일행들에게 자랑스레 말씀을 하셨다.

특별한 대우를 해드린 것도 아니고, 대단한 서비스를 한 것도 아닌데 기뻐하시는 모습을 보니 나도 별로 한 것은 없지만 괜히 뿌듯해졌다.

그 이후부터는 나뿐만 아니라 우리 매장의 다른 직원들도 '손님 이름 부르기' 서비스를 하고 있다. 명함을 건네주고 가시는 손님이나 예약 고객 리스트에 적혀 있는 손님의 이름을 그냥 지나치듯 보는 것이 아니라 한 번이라도 더 신경 써서 보는 습관이 생긴 것이다.

손님은 바보가 아니다 🌿

　콴쒀이에서 근무를 하는 2년 동안 많지는 않지만 몇 번 억울했던 기억이 있는데, 여기서 그중 하나를 풀어보려고 한다.

　20대 중반의 여자 손님 두 분이 식사를 하러 오셨을 때 있었던 일이다. 나름대로 꽤 긴 시간 콴쒀이에서 일을 한 나는 내 스스로 굉장히 만족할 만한 서비스를 제공해드렸다고 생각한다.

　웃으며 인사, 알아듣기 쉬운 메뉴 설명, 정확한 주문, 빠른 서비스……. 뭐 하나 부족할 만한 것이 없는 완벽한 서비스였다.

　그런데 무슨 일인지, 식사를 마치고 나가는 두 손님의 표정이 썩 좋지만은 않았다. 심지어 카운터에 있는 직원에게 뭐라 불만까지 이야기하고서야 계산을 하는 것 같았다.

'내가 뭐 실수한 게 있나? 아닌데, 그런 거 없는데……. 뭐 때문에 저러시지?' 혼자 조마조마하며 손님이 매장 밖에서 멀어지기만을 기다렸다가 카운터 직원에게 잽싸게 달려가 무슨 이야기를 하시더냐고 물어봤다.

이유인즉슨 그랬다. '광화문 맛집'을 검색해 콴쒸이를 알게 된 두 여자 손님. 특별히 찾아서 오는 만큼 특별한 식사를 하기 위해서 이것저것 검색을 하던 중 한 블로그에서 '게살 스프를 서비스 받았다.'는 글을 본 것이다. 그래서 그 손님들은 블로그에 포스팅된 메뉴와 똑같이 주문을 했고 '서비스 게살 스프'가 나오기만을 기다렸지만, 식사를 마칠 때까지 서비스가 나오지 않자 '차별을 당했다'는 생각에 기분이 상했던 것이다.

알고 보니 서비스를 받았다고 글을 올린 블로거는 행사 기간에 방문을 해 이벤트 서비스로 게살 스프를 받은 것인데, 그 내용이 포함되지 않아서 손님들이 오해를 하신 모양이었다.

이미 떠난 손님을 붙잡아 해명을 할 수는 없는 노릇이라 그저 나의 억울한 감정만 남고 그 사건은 일단락되었고, 그 일을 계기로 콴쒸이에서의 행사나 이벤트 서비스 등은 꼭 콴쒸이

페이스북이나 홈페이지에 공지를 하면서 근본적인 문제를 해결하고자 했다.

그때의 일은 물론 오해에서 비롯된 것이지만, 만약에 정말 '차별'을 한 것이었다면 손님 입장에서 매우 기분 나쁜 일일 것이다.

이렇게 요즘은 음식점에 방문하기 전에 인터넷 검색을 해보고 서비스나 음식의 맛이 어떤지, 또 매장을 방문한 후에는 인터넷에 올라왔던 글이 사실이었는지 비교하는 손님들을 보기가 어렵지 않다. 어떻게 하면 음식점에서 더 많은 혜택을 받을 수 있는지 미리 알아보고 오는 것이다.

요즘 손님들은 똑똑하다. 인터넷에 올라온 글이 사실인지 아닌지 매장에서 판단을 하고, 본인이 느낀 것들을 또 다른 글로 써서 인터넷에 올린다.

모든 음식점이 그렇듯이, 콴쒀이를 검색했을 때 모두 좋은 평가만 올라와 있는 것은 아니다. 그래도 모든 직원들이 시간이 날 때마다 스마트폰으로, 컴퓨터로 콴쒀이를 검색해보고 손님들이 어떤 서비스에 만족을 했는지, 그 서비스를 어떻게 하면 한결같이 실천할 수 있는지 항상 생각하고 고민한다.

이것이야말로 '똑똑한 손님들'을 만족시켜 드리기 위한 '똑똑한 직원들'의 모습이 아닐까 싶다.

나를 찾는 손님 🍃

주말에 시내에 나가보면 '입구에서 짱구엄마를 찾아주세요~' 따위의 문구가 쓰여 있는 나이트클럽 전단지를 흔하게 볼 수 있다.

나이트클럽에 가본 적은 없지만 아마도 손님이 지명한 직원은 그 손님의 담당웨이터가 되는 시스템이라는 것은 대충 알고 있다.

내가 일하는 콴쒜이는 나이트클럽 같은 유흥업소가 아닌데도 가끔 특정 직원을 지명해서 찾는 손님이 있다.

나도 그랬던 경험이 있다. 우연찮게 몇 번 내가 서비스를 담당했던 손님이 계셨는데 네 번 째 방문하셨을 때, 다른 직원이 안내를 해드리니 나를 찾으며 본인의 테이블의 담당 서브가 돼 주기를 부탁하신 적이 있었다.

이런 상황에는 다른 직원들이 민망하기도 하고, 손님 입장에서도 곤란한 부탁을 한 것이라고 생각한다. 그런데 재미있는 건 지명 받은 직원은 알게 모르게 뿌듯함을 느끼고 미묘하게 기분이 좋아진다는 것이다.

누군가가 나를 지목해 내가 서비스를 해주기를 바란다면 그전에 내가 그 손님께 해드렸던 서비스가 상당히 마음에 들었다는 무언의 표현이라는 생각이 들기 때문이다. 물론 생각뿐만 아니라 실제로도 그럴 확률이 크다.

그렇게 나를 찾은 손님을 또 응대하게 되면 왠지 모르게 더 친절하게 되고, '다음에도 나를 찾으시겠지?' 하는 기대감도 갖게 된다.

물질적으로 나에게 돌아오는 이득은 아무것도 없지만 서비스업을 하는 사람의 입장에서 '성취감' 그 하나만은 그 사소한 일에서 충분히 만족한 것이다.

나이트클럽의 웨이터들도 나와 같은 마음일 것이라고(물론 그들은 지명이 되면 그에 따른 물질적인 보상이 있겠지만) 조심스레 추측해본다.

중화요리와 와인, 찰떡궁합!

중화요리에 어울리는 술은 물을 것도 없이 고량주라고 생각하는 사람들이 많을 것이다. 혹은 탕수육에 소주, 맥주 등도 나쁘지 않은 조화이다. 그런데 생각지도 못하게 중화요리와 궁합이 잘 맞는 술이 있다. 바로 와인이다.

와인이라고 하면 프렌치, 이탈리안 등 서양음식에 곁들여야 할 것 같은 느낌이지만 사실은 그렇지 않다. 실제로 먹어본 사람들은 중식을 먹을 때 고량주보다 와인을 더 즐겨 찾는 경우도 있다.

물론 고량주 등에 비하면 아직 물량은 비교대상이 못 되지만 찾는 사람은 꾸준히 늘고 있는 추세이고, 고급 차이니즈 레스토랑도 그런 손님들을 위해 와인을 갖춘 곳이 많다.

그렇다면 중화요리에는 어떤 와인이 어울릴까? 정해진 공식이나 답이 있는 것은 아니다. 즐겨먹는 와인에 좋아하는 중화요리를 먹는다면 그것이 정답이 되는 것이다. 하지만 와인과 중화요리의 특성을 파악하면 좀 더 어울리는 맛을 찾을 수 있긴 하다. 실제로 이런 특성을 분석해 주문한 중식 메뉴에 어울리는 와인을 추천해

주는 레스토랑도 있다. 중식과 와인의 환상적인 궁합을 위해 몇 가지를 기억해두는 것도 좋은 방법이다.

먼저 튀김요리에는 타닌 함량이 높은 레드와인이 좋다. 기름기가 많은 육류 튀김요리에 타닌 함량이 높아 떫은맛이 강한 레드 와인을 곁들이면 요리의 맛을 한층 더 풍부하게 느낄 수 있다. 타닌 성분이 느끼한 맛을 잘 잡아주기 때문이다. 단, 타닌 성분은 음식의 단맛을 감소시키는 작용을 하므로 탕수육 같은 달콤한 맛의 요리는 적절하지 않을 수도 있다.

매콤한 맛이 특징인 사천식 중국요리에는 과일향이 짙은 화이트와인이 제격이다. 특히 산미가 강한 것보다는 부드러운 와인이 요리의 매운 맛을 중화시켜준다.

중화요리 중 다양한 해물을 사용해 만든 해산물 냉채류는 산뜻하고 드라이한 화이트와인과 궁합이 좋다. 이때 차갑게 마시는 것을 더 추천한다.

식사를 마친 후에는 스파클링 와인으로 마무리한다. 보편적으로 중식은 맛이 강하고 기름지기 때문에 맛의 여운이 길고 소화가 잘 안 되는 경향이 있다. 이때 탄산이 가미된 스파클링 와인으로 마무리한다면 깔끔하게 식사를 마칠 수 있다.

PART 4

미쳐야 산다

손, 발이 고생해서 얻은 재료 🍃

화려한 꽃들이 피고 여기저기서 즐거운 축제가 열리는 봄이 시작할 무렵, 이 따뜻한 날씨와 분위기를 두려워하는 사람이 콴쒸이 광화문점에 있었다. 주인공은 바로 주방 보조로 일하는 나와 동갑내기인 직원이었다.

이유를 물어 보니 작년 이맘 때쯤의 악몽이 떠오른다는 그의 대답. 주방장님의 넘쳐나는 열정 덕분에 꽃이 피는 따뜻한 봄날, 데이트도 한 번 못해봤다며 하소연을 한다.

봄을 맞아 여기저기서 열리는 행사 중에서 식재료와 관련된 축제나 박람회는 모조리 다 찾아서 빼놓지 않고 가보시는 주방장님의 권유(?)로 강제 현장학습을 가게 된 것이다.

인천 소래포구 축제, 남해 미조멸치 축제, 완도 해조류박람회, 한려수도 굴축제……. 지역이 어디든 상관없이 단 한 가지의 요리에라도 들어가는 식재료가 있는 곳엔 어디든지 출동하신 까닭에 함께 한 그 직원은 휴무 다음 날마다 녹초가 되어서 돌아왔다.

물론 가기 싫다는 사람을 억지로 데려간 것은 아니고, '이번에 같이 가면 제일 비싼 회를 사줄게', '소래포구 새우가 진짜 맛있어' 등의 말에 혹해 따라 다니다 보니 어느새 자연스럽게 그 현장학습의 동반자가 된 것이다.

또 가서 구경만 하고 맛있는 것만 좀 먹다가 오면 그런 불평도 안 했을 것이다. 똑같은 코스를 세 번 이상 돌면서 혹시 괜찮은 재료를 구할 방법이 있는지 알아보느라 하루 종일 쉴 새 없이 돌아다니다가 축제가 끝나고 난 뒤에야 첫 끼를 먹는 것이 대부분이었다고 한다.

매장에서 식자재를 받기만 하는 우리는 그 두 사람이 현장학습을 다녀온 얼마 후면, 재료들이 더욱 싱싱한 것들로 바뀌는 이유를 몰랐던 것이다.

올해도 지방 곳곳에서 열리는 축제를 돌아다닐 생각에 벌써부터 손발이 떨린다고 너스레를 떠는 그 직원에게는 미안한 일이지만, 더 싱싱한 재료로 만들어진 음식들을 더 많은 사람이 맛볼 수 있게 '올해도 화이팅!'이라고 외쳐주고 싶다.

대화를 위한 말 배우기 🌿

　우리 매장에는 다섯 명의 중국인 직원이 근무하고 있다. 이 중 한 사람은 한국말에 굉장히 능숙하고, 두 사람은 어느 정도 의사소통이 가능하지만 나머지 두 사람은 손짓, 발짓 없이는 거의 대화가 불가능한 수준이다.

　세계 공용어인 영어를 사용해 필요한 대화는 이어가고 있지만, 한계가 있는 것은 어쩔 수 없다. 내가 근무하고 있는 현재의 문제만은 아니다. 중국인 직원은 콴쒀이가 처음 생길 때부터 꾸준히 일정 비율로 있었고, 지금과 같이 한국말을 못하는 직원들도 꽤 있었다고 한다.

　이런 의사소통의 불편함을 해소하기 위해 입사 6년차인 홀 매니저님은 4년 전부터 중국어를 공부하기 시작했다고 한다.

　나도 학창시절에 제2외국어로 중국어 공부를 아주 얕게 했는데 한글과는 다르게 외울 것이 너무 많고 성조에 따라서 같은 글자라도 몇 개의 뜻이 있기 때문에 그리 만만하지 않다는 사실을 알고 있다.

학교에서 교재, 영상들의 도움을 받아 체계적인 학습을 했던 나도 결국은 단 한마디의 중국어도 제대로 할 수 없는데, 퇴근 후 독학으로 중국어 공부를 하셨다는 매니저님은 일하는 데 전혀 불편함 없이 직원들과 대화를 하신다.

직원들뿐만 아니라 가끔 한국인 손님과 중국인 손님이 함께 오시는 경우도 있는데, 그럴 때면 매니저님은 기다렸다는 듯이 그 손님들을 응대하러 가신다. 공부한 것을 실생활에서 활용하기 위해서이다.

매니저님은 가끔 다른 한국인 직원들에게도 중국어 공부를 시작해보라고 권유하신다. 매장에서 사용하기 위한 것뿐만 아니라 한 가지 언어를 공부하고, 알아간다는 것이 본인 스스로 얼마나 뿌듯한 일인지 느껴보라는 것이다.

매니저님의 권유대로 지난달부터 우리 매장 직원들은 '공부 아닌 공부'를 시작했다. 일상생활에 필요한 중국어를 하루에 한 문장씩 배우기로 약속한 것이다.

물론 이렇게 공부를 해서 당장 중국어를 마스터할 수 있는
것은 아니지만, 4년이나 공부를 하신 매니저님을 본받아 모두
꾸준히 노력하기로 약속했다.

잘 키운 아르바이트생 하나,
열 직원 안 부럽다 🍃

　이번에는 나보다 2년 먼저 콴쒸이에서 일을 시작한 베테랑 아르바이트생에 대해서 이야기하려고 한다. 따지고 보면 그녀는 지금 같이 일하는 직원들 중에 고참인 축에 속한다.

　처음 그녀가 일을 시작한 것은 스무 살, 대학교 여름방학 때였다. 방학을 이용해 용돈벌이를 하려고 아르바이트를 시작했고, 원래 계획대로라면 방학기간, 3개월만 근무한 후 그만둘 생각이었다.

　하지만 3개월 만에 서로 정이 들어버려 학기 중에는 주말 근무로, 다시 방학이 되면 풀 근무로 일을 하기로 하고, 그렇게 일을 하다 보니 어느 덧 4년이나 지난 것이다.

　그녀는 이제 콴쒸이에 대해서 모르는 게 없다. 새로 들어온 직원에게 전반적인 교육을 할 때도 어려움이 없을 정도이다.

또 학기 중에 그녀는 주말 아르바이트만 하는 것이 아니라, 매장이 정신없이 바쁠 때에는 자처해서 '오후 아르바이트'까지 마다치 않는다. 4년 동안 콴쉬이에 대한 의리가 생긴 것이다.

그녀가 콴쉬이에 많은 도움이 되고 있는 것처럼, 콴쉬이도 4년 동안 그녀에게도 많은 변화를 주었다.

보건행정학과 출신인 그녀는 콴쉬이에서 일을 하며 자신의 진로를 재결정했고, 결국 2학년이 되던 해에 '경영학과'로 전과를 해 훗날 콴쉬이같은 프랜차이즈 외식업체를 세우겠다는 꿈을 가지게 되었다.

아직 먼 미래의 이야기일지는 모르겠지만 그녀는 찾을 수 없었을지도 모르는 본인의 적성을 콴쉬이에서 일하면서 찾은 것이다.

현재 그녀는 손님, 직원들 모두 인정하는 콴쉬이의 '베테랑'이다. 비록 아르바이트생이지만 그녀의 열정은 그 어떤 직원의 것보다 엄청나다.

질리도록 먹어 본 중국요리

휴무를 앞둔 어느 날, 나와 같이 휴무를 갖게 된 지배인님께
서 '쉬는 날 맛집 투어를 할 생각인데 별다른 스케줄이 없으면
함께 하지 않겠냐'고 제안하셨다.

딱히 할 일이 없던 휴무였기도 하고 게다가 맛집 투어라니,
손해 볼 것이 없는 제안인 것 같아 흔쾌히 동의했다.

다음 날, 우리 집 앞까지 직접 차를 몰고 오신 지배인님이 나
를 태우고 향한 곳은 인천.

'얼마나 유명한 맛집이길래 인천까지 가시나' 하고 생각하던
중에 도착한 곳은 인천의 차이나타운이었다.

워낙에 유명하기도 하고 최초의 한국식 짜장면이 탄생한 곳
이기도 하지만 중화요리집의 지배인이 맛집이라고 쉬는 날, 직
원까지 데리고 간 곳이 중국집이 밀집해 있는 동네라니…….

설마 진짜 중화요리를 먹으러 온 건 아니겠지 싶었지만, '혹시나'가 '역시나'였다.

그것도 그 동네에서 가장 줄이 긴 중국집에 줄을 서자던 지배인님. 결국 1시간이 넘는 시간을 기다려 탕수육과 삼선짜장을 먹었다.

그렇게 점심식사를 해결하고 커피를 마시면서 지배인님께 왜 하필 중국요리집에 온 것인지를 물었더니, 이런 중화요리 맛집 투어를 하신 게 처음이 아니라고 하신다.

크림대하

쉬는 날마다 다른 차이니즈 레스토랑이나 유명한 타 브랜드 중국집은 물론, 부산 차이나타운까지 직접 다니면서 맛을 비교하신단다.

해물볶음

'질리지 않냐'는 나의 질문에 '당연히 질린다'고 대답하신 지배인님. 본인이 몸담고 있는 분야이기 때문에 공부하는 마

음으로 질리도록 중화요리를
찾아다니면서까지 먹는 것이
었다.

철판통후추안심

사람의 가장 기본적인 욕구
중 하나가 먹고 싶은 음식을
먹는 것인데, 지배인님은 그
욕구를 포기하면서까지 직업
정신을 살리셨다.

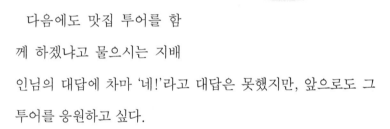

특냉채

다음에도 맛집 투어를 함
께 하겠냐고 물으시는 지배

인님의 대답에 차마 '네!'라고 대답은 못했지만, 앞으로도 그
투어를 응원하고 싶다.

그 날 간식으로는 화덕만두를, 저녁으로는 짬뽕과 양장피를
먹은 것은 유감이지만 말이다.

'OK' 받을 때까지 🌿

현재 콴쒀이 광화문점 매장의 테이블 배치 구조에는 사연이 많다. 내가 본 위치 이동 횟수만 다섯 번이 넘기 때문이다.

사건의 발단은 그렇다. 여느 음식점과 다르지 않게 일자로 배치되어있던 홀의 테이블. 어느 한 손님이 식사를 하고 나가시면서 '가게 분위기가 어떠냐'고 물어보는 직원의 질문에 '그냥 평범한데요?'라고 대답한 것이 그 시작이었다.

그 손님이 다녀간 오후, 직원들은 머리를 모아 평범하지 않은 가게를 만들려고 노력하다가 손님들이 가장 기본적으로, 쉽게 접하는 공간인 테이블의 구조를 바꿔보자는 결론이 나왔다.

처음엔 가로 방향으로 배치되어 있던 테이블과 의자를 세로 방향으로 바꿔보았다. 그 상태로 3시간. 동선이 불편하다는 의견이 나오자 내일 출근할 때 테이블 위치를 다시 어떻게 바꿔야 할지 각자 생각해 오자는 이야기가 나왔다.

다음 날 아침, 20명이 넘는 직원이 저마다 생각해온 위치를 의견으로 냈고 그중 괜찮을 것 같은 의견 세 가지를 추려서 순서대로, 하루씩 배치해보기로 했다.

단 한 명의 손님이라도 불편함이나 평범함을 이야기 하면 그 의견은 후보에서 탈락되는 것이다.

결국 우리는 하루에 한 번씩 테이블을 이동해야 하는 수고를 했지만, 결과적으로 '평범하지도 않고, 동선도 매우 효율적인' 우리만의 테이블 배치를 얻게 되었다.

그렇게 사연 많은 테이블 배치를 한 지 이제 2개월째인데, 아직까지는 단 한 명의 손님도 부정적인 평가를 하지는 않았다.

누군가가 지적을 한다면 테이블의 위치는 또 바뀔 것이다. 다들 힘들긴 하지만 모든 손님들의 'OK'를 받을 때까지 끊임없이 변화를 시도할 준비가 되어있다.

한국을 배우다 🌿

앞에서 중국인 직원들과의 소통을 위해 중국어를 공부한 홀 매니저의 이야기를 했다.

이번에는 2012년에 한국으로 와 콴쒀이에서 일을 하면서 한국에 대해 공부하고 있는 중국인 직원의 이야기를 해볼까 한다.

중국에서 한국으로 온 지 2년도 채 되지 않은 한 직원은 살짝 어눌한 한국어 발음만 빼면 거의 한국인이 다 되었다.

그녀가 습관처럼 하는 질문이 있다. "한국 사람들은 어떻게 해요?"

인사할 때, 밥 먹을 때, 심지어 의자에 앉을 때도 문화의 차이가 있는지, 있다면 한국의 문화와 중국의 문화가 어떻게 다른지 궁금한 것이다.

사실 그녀가 처음 한국에 온 몇 개월 동안은 한국 문화를 배우고 싶은 생각이 크지는 않았다고 한다. 그저 일을 하고 돈을 벌며 지내는 것에 만족할 수 있을 줄 알았다고…….

하지만 정작 그렇게 생활을 하다 보니 한국에서의 생활에 적응하기도 힘들고, 재미도 없어서 한국을 공부하기 시작한 것이다.

한국어뿐만 아니라 한국의 모든 것들을 공부했다. 적어도 서울에 유명한 명소는 안 가본 데가 없을 정도이다. 쉬는 날에는 부산, 전주 등 지방까지 다니며 한국의 문화를 배우려고 했다.

일을 할 때에도 위에서 말한 것처럼 본인이 모르는 한국의 특징을 발견하면 쉴 새 없이 질문을 한다. 가끔은 질문이 너무 많아 무서울 정도이다.

'로마에 가면 로마법을 따르라'는 말도 있듯이 그는 한국의 법(실제로 법은 아니지만)을 한국인보다 더 잘 지키고 있다.

지금은 거의 방송인 샘 해밍턴 급이다. 나보다 한국에 대해서 구석구석 더 잘 아는 것 같다. 가끔은 나에게 맛 집이나 여행지 등을 추천해주는데 깜짝 놀랄 정도이다.

브레이크타임에 만든 기적 🌿

'자격증 시대'라고 칭해도 과언이 아닐 정도로 요즘엔 별의별 자격증들이 생겨나고 있는 추세이다. 심지어 공부라면 치를 떠는 나도 운전면허증을 포함한 자격증이 세 개나 된다.

콴쒀이에는 이런 '자격증 열풍'을 따라가다 못해 '자격증 부자'가 된 사람이 있다. 주방에서 근무하는 27살 남 직원이 주인공이다.

군대를 다녀온 후, 콴쒀이에서 일을 하기 시작한 그는 군대 가기 전에 해 놓은 게 아무것도 없어서 정말 후회한다고 버릇처럼 말한다. (사실 나를 포함한 대한민국 20대 청년의 대부분이 하는 후회이다.)

그런 그가 제대 후 결심한 자신과의 약속 중 하나가 '내가 열심히 노력하는 것을 증명할 수 있는 자격증을 3개월에 하나씩

꼭 따자'는 것이었다.

결과부터 말하자면 그는 자신과의 약속을 잘 지키고 있다. 컴퓨터 자격증, 한문 자격증부터 시작해서 칵테일을 만드는 주조사 자격증까지 장르를 불문하고 3개월에 하나씩은 꼭 자격증을 만들어내더니 지금 가지고 있는 자격증만 열 개가 넘는다.

정말 대단하다고 생각하다가 어느 날은 온종일 콴쒸이에서 일을 하는 그가 도대체 언제 자격증 준비를 하는지 궁금했다. 그는 매장과 집도 거리가 꽤 되는 편이라 퇴근 후 공부를 한다는 것도 체력적으로 무리가 있을 것 같았기 때문이다.

물어봤더니 집에서는 공부를 안 한다고 했다. 도대체 그럼 언제 공부를 하는 것인지 재차 물었더니 돌아오는 대답은 "맨날 매장에서 쉬는 시간에 하잖아요~"

3시부터 5시, 브레이크 타임마다 그가 공부를 하는 것은 사실이었다. 저녁 오픈 준비를 끝내놓은 사람들이 잠을 자거나 수다를 떨기도 하며 각자만의 시간을 보내는 브레이크 타임. 그는 항상 다른 특별한 일이 없으면 테이블 한쪽에 자리를 잡고 공부를 하긴 했었다.

하지만 하루에 고작 두 시간밖에 안 되는 시간에, 그것도 온전히 공부할 분위기가 조성되지는 않는 장소에서 공부를 해 그 많은 자격증을 취득했다니 믿을 수 없었다.

내가 계속해서 의문을 가지자 그는 '만 시간의 법칙(하루에 세 시간씩 10년이면 만 시간이 된다는 법칙)도 모르냐'며, 그 법칙에서는 하루에 세 시간이지만 두 시간도 자격증 공부를 하기에는 충분한 시간이라고 말했다.

그가 거짓말을 하진 않았을 것이다. 그럴 이유도 없으니 말이다. 그는 정말 하루에 두 시간씩 준비해 열 개가 넘는 자격증을 따 낸 것이다.

한 번은 그가 본인이 가지고 있는 자격증을 모아서 매장에 가져온 적이 있었다. 그 '자격증 콜렉션'을 보니, 그동안 브레이크 타임 두 시간을 정말 단순히 '쉬면서' 보낸 내 스스로를 반성하게 되었다.

일찍 일어나는 새 🍃

나는 아침잠이 꽤 많은 편이다. 학창 시절에도 담임선생님께 빌고 빌어 전교생 중 유일하게 아침 자습에 참여하지 않을 정도였다.

TV에서 아침형 인간, 아침형 인간을 떠들어 대며 온 국민이 아침형 인간으로의 변신을 시도할 때에도 난 꿋꿋하게 저녁형 인간을 고집했다.

그런데 나는 콴쒸이에서 일하면서 진정한 아침형 인간들을 보았다.

첫 번째는 우리 매장 주방에서 일하시는 직원 분들이다. 아침마다 신선한 재료를 받기 위해서 7시가 조금 넘은 시간에 출근을 마친다.

누구보다 일찍 매장에 출근해서 재료를 받아 손질하고 하루를 준비한다. 그러다가 내가 출근을 할 때면 피곤한 기색 없이 반겨주신다.

두 번째는 콴쒀이 본사 직원 분들이다. 9시부터는 매장에서 걸려오는 전화나 업체에서 걸려오는 전화들 때문에 집중도가 떨어지기 때문에 그 전에 출근해 온전한 자기 시간을 갖는다는 것이다. 그렇다고 다들 일찍 퇴근을 해 쉬는 것 같지도 않다.

각 지점에 관한 일들을 전반적으로 관리하기 위해 '항시 대기' 하고 계시는 것처럼 언제든지 통화가 가능하신 분들이다.

콴쒀이 사람들의 '아침형 인간' 출발점은 콴쒀이의 나 대표님 으로부터라고 한다.

다른 어떤 직원보다도 항상 먼저 출근을 하셔서 하루 스케줄 을 계획하고, 전날에 있었던 일들을 다시 한 번 되돌아보며 정 리를 하신다고 들었다.

예전에 TV에서 시인 이외수 님과 인터뷰를 하던 리포터가 '기인의 삶'에 대해 질문을 하니 '아침에 일찍 일어나 출근해 저 녁까지 일을, 그것도 매일매일 하는 세상 사람들이 기인이지, 내가 무슨 기인이냐.'라고 대답하는 그분의 모습을 보고 정말 깊은 인상을 받은 적이 있다.

이외수 님이 말한 것처럼 콴쒸이 사람들은 과연 기인의 삶을
살고 있었다.

중화요리는 왜 기름질까?

중화요리 얘기를 할 때면 빠지지 않고 '기름지다'는 이야기가 나온다. 셀 수 없이 종류가 많은 중국음식. 그 많은 가지 수에도 대부분의 중화요리는 '기름기가 많다'는 공통점을 가지고 있다.

그 이유는 중국의 역사에서 찾을 수 있다. 우선 중국 민족의 발상지를 살펴보자. 이와 관련해서는 의견이 분분하지만 서북

방 황토지대(지금의 서안 근방)라는 설이 가장 유력하다. 서북쪽 계절풍을 타고 불어오는 황토가 수천만 년 동안 퇴적층을 이루고 있던 이곳이 농경생활에 가장 적합했던 것이다.

　농경생활에 적합해 일단 정착을 하긴 했는데, 황토먼지의 문제를 간과할 수만은 없었다. 황토먼지가 자욱한 그곳에서 식생활을 하기 위해서는 아마 음식에 물기가 없고 건조해야 했을 것이다. 게다가 농사라는 비교적 긴 시간의 노동을 하는 당시의 중국인들이 음식을 만드는 데 많은 시간을 허비할 수는 없었을 거라는 추측도 해볼 수 있다.

　이러한 상황들로 미루어 보았을 때, 그들에게는 될 수 있으

면 물기가 적고 건조한 음식, 만드는 데 많은 노력과 시간이 들지 않는 음식, 한 번 만들어 놓고 비교적 장기간 보존이 가능한 요리법 등이 필요했을 것이다. 이러한 욕구를 만족시키는 요리법, 그것이 바로 기름을 사용한 조리였을 것이다.

우리가 자주 접하는 상황과 비교하여 이야기를 해보자. 지나가다 발견한 포장마차에서 튀김 몇 종류를 먹으려고 하면 이미 한 번 튀겨서 쌓아 놓은 튀김들 중 주문한 것을 다시 튀겨 주는 모습을 본 적이 있을 것이다. 물론 새 음식을 튀겨 주면 좋겠지만 길거리 포장마차에서는 현실적으로 힘들다.

이렇듯 기름을 사용하여 조리한 음식은 빠르게 만들 수 있고 여러 번 재조리해 먹어도 맛을 유지할 수 있으며 먼지가 붙어도 털어 먹으면(물론 황토지대에 살았던 중국인들처럼 어쩔 수 없는 경우를 말하는 것이다.) 크게 문제가 없다.

이러한 이유로 황토지대에 뿌리를 내린 중국 사람들이 음식을 조리할 때 기름을 사용하게 되었고, 그것이 역사와 함께 전해져 내려와 현재 중국음식들의 대부분이 기름기가 많은 것이다.

PART 5

부록

중국의 술과 차 🍃

중국과 관련된 이야기나 음식을 말할 때 빠질 수 없는 것이 있다. 바로 술과 차.

중국의 오랜 역사만큼이나 다양하고 신기한 중국의 술과 차에 대하여 알아보도록 하자.

중국 술에 대한 일반적인 이해 🍃

중국주는 4000년의 역사를 갖고 있으며, 술을 좋아하는 중국 사람들은 남녀를 불문하고 즐겨 마시는 것으로 알려져 있다.

그러나 술을 마시는 관습이 잘 절제되어 있어, 술주정을 하거나 기타 술로 인해서 사회 질서를 어지럽게 하는 일은 많지 않다.

중국의 술은 쌀, 보리, 수수 등의 곡물을 원료로 해서 각 지방의 기후와 풍토에 따라 만드는 법도 다르고 같은 원료로 만드는 술이라도 그 나름대로의 독특한 맛을 지니고 있다. 북방지역은 추운 지방이라 독주가 발달했고, 남방지역은 순한 양조주가, 산악 등의 내륙지역은 초근목피를 이용한 한방의 혼성주가 발달했다.

술의 역사가 오래된 만큼 중국에는 4,500여 종의 술이 전해지고 있는데, 그중 이른바 명주라고 불리는 중국 8대 명주는 백주(白酒: 증류주) 다섯 가지, 황주(黃酒: 양조주) 두 가지, 약미주(藥味酒: 혼성주) 한 가지로 구분되고 있다.

중국 술의 종류와 특징 🌿

• 백주(白酒)

백주의 대표적인 술로는 마오타이주가 있다. 1915년 파나마

만국 박람회에서 3대 명주로 평가받았으며 많은 애주가들의 사랑을 받고 있는, 중국을 대표하는 술이라고 말할 수 있다. 원료인 고량을 누룩으로 발효시켜 10개월 동안 아홉 차례나 증류시킨 후 독에 넣어 밀봉하고 최저 3년을 숙성시킨 독특한 술이다. 중국 정부의 공식 만찬에 반드시 등장하며, 닉슨 대통령이 중국에 방문했을 때 단숨에 들이키며 감탄하기도 했다.

• 마오타이주

고량을 원료로 하여 순수 보리누룩을 발효시킨 후 8~9번 정도 세정하여 증류해서 독에 넣어 밀봉하고 최저 3년 이상 숙성시켜 제조한다. 또한 중국의 8대 명주 중에서 일품으로 알려져 있고 다른 종류의 술과 비교해봐도 더 독특한 풍미를 지녔으며 각종 육류요리와 잘 어울리는, 숙취도 없는 고급주이다. 산지는 귀주성 모래현으로, 닉슨 전대통령과 모택동이 미중(美中) 국교정상화를 위한 만찬에서 건배를 하면서 그 유명세를 떨쳤으며, 주정(酒精)은 약 53~55% 정도로 무색투명한 것이 특징이다.

• 고량주(高粱酒)

수수를 원료로 하여 제조한 것으로 중국의 전통적인 양조법으로 빚어지기 때문에 모방이 어려울 정도의 독창성을 갖고 있다. 누룩의 재료는 대맥, 작은 콩이 일반적으로 사용되지만 소맥, 메밀, 검은 콩 등이 사용되는 경우도 있으며 숙성과정의 용기는 반드시 흙으로 만든 독을 사용한다.

전통적인 주조법이 이 술의 참맛을 더해주며, 기름기가 많은 중국요리에는 없어서는 안 되는 술이며 애주가에게는 더욱 알맞은 술이다. 색은 무색이고 장미향을 함유하는 경우도 있으며 특유의 강함과 독특한 맛이 있다. 주정은 59~60% 정도이며 천진산이 가장 유명하다.

• 황주(黃酒)

대표적인 술로는 소홍주, 노주 등이 있는데, 노주 중 '여알주'라는 것이 있다. 이 술은 예부터 여자가 귀한 중국에서 여자아이를 낳으면 술을 담아 대들보 밑에 묻어 놓았다가 아이가 성장하여 결혼을 하게 되면, 그때 술을 파내어 잔치를 했다고 한다. 그러나 크는 도중에 여자가 죽으면 대들보에 묻어 놓은 것

을 잊어버려 몇십 년 혹은 몇백 년 후에 발견된다고 해서 노주
라 한다.

• 소흥가반주(紹興加飯酒)

　　중국 굴지의 산지인 절강성(浙江省), 소흥현(紹
興縣)의 지명에 따라서 붙인 이름으로 중국 8대
명주의 하나이다. 주정은 14~16% 정도이고 색
깔은 황색 또는 암홍색의 황주(黃酒)로, 4000년
정도의 역사를 갖고 있으며 오래 숙성하면 향
기가 더욱 좋아 상품 가치가 높다. 주원료는 일반적으로 찹쌀
에 특수한 누룩을 사용하고 누룩 이외에 신맛이 나는 재료나
감초를 사용하는 경우도 있다. 제조에는 찹쌀에 누룩과 술약
을 넣어 발효시키는 복합발효법이 사용된다.

• 혼성주(藥味酒)

오가피주, 죽엽청주, 장미주, 보주, 녹용주 등이 유명하며,
그중 죽엽청주는 1400년 전부터 유명한 양조산지로 알려진 행
화촌의 약미주로, 고량을 주원료로 녹두, 대나무 잎 등 10여

가지 천연약재를 사용하여 향기롭고 풍미가 뛰어난 술이며 한 입 머금으면 탁 쏘는 맛과 함께 단맛이 입안에 퍼진다. 혈액을 맑게 순환시켜 간, 비장의 기능을 상승시키는 작용을 하여 정력유지에 좋은 술로 평가되고 있다.

• 오가피주(五加皮酒)

고량주를 기본 원료로 하여 목향과 오가피 등 10여 종류의 한방약초를 넣어 발효시킨 술이며, 주정은 53% 정도이다. 색깔은 자색이나 적색으로 신경통, 류마티스, 간장강화에 약효가 있는, 일명 불로장생주이다.

• 죽엽청주(竹葉靑酒)

대국주에 대나무 잎과 각종 초근목피를 침투시켜 만든 술로 연한 노란색의 빛깔을 띠며 대나무의 특유의 향을 느낄 수 있다. 주정은 48~50% 정도로 최고급 스테미너주로 널리 알려져 있다. 또한 이 술은 오래된 것일수록 향기가 짙다.

• 오량액(五粮液)

　　중국의 남서부 쓰촨성(四川省)과 윈난성(雲南省)을 경계로 구이저우성(貴州省)이 자리 잡고 있다. 이 구이저우성은 양자강의 상류지역으로, 산수가 빼어나고 기후가 온난하며 물자가 풍부하다. 이 구이저우성에서는 중국의 명주가 많이 생산되는데, 그 중 오량액(五粮液)이 유명하다. 이 술은 중국의 증류주 가운데 가장 판매량이 많다.

　　오량액은 명나라 초부터 생산되기 시작했다. 오량액의 독특한 맛과 향의 비결은 곡식 혼합비율과 첨가되는 소량의 약재에 숨어 있으며 이것은 수백 년 동안 비밀로 전해져 왔다고 한다. 1949년 현재의 중국 정부가 들어선 뒤 해마다 열리는 주류 품평회에서 오량액은 마오타이와 함께 중국의 대표하는 명주로 꼽힌다.

중국 차에 대한 일반적인 이해 🍃

• 차의 정의

차란 일반적으로 동백나무과의 차나무에서 어린잎을 따 가공하여 만든 찻잎이나 분말 혹은 차 덩어리를 말한다.

차는 중국의 남동부에서 기원한 잎이 작은 중국종(Theasinensivar sinensis)과 아삼 또는 북미얀마에서 기원한 잎이 크고 넓은 아종계(T.sinensis var. assamica)로 나뉜다.

차의 분류법은 매우 다양하다. 차의 품종별로 녹차, 홍차, 청차, 황차, 흑차, 백차 등이 있으며, 이들을 크게 홍차, 녹차와 특수차로 구분하기도 한다. 홍차는 주로 지구의 남방에 많이 나며 녹차는 북방에 많이 난다, 우롱차와 보이차 등이 특수차에 속한다. 또한 품질에 따라 명차와 일반차로 구분하기도 한다. 지금까지 학계는 업계에서 인정하는 자연지리환경과 독특한 가공기술 및 역사와 문화적 요인을 포함하여 명차에 대한 평가를 하고 있다.

역사상의 명차는 일반적으로 문화요인을 중요시하며 산지

의 자연조건과도 관련된다. 최근 일부 차 산지에서 개발된 명차는 문화요인에 관계없이 채취와 가공의 정밀함과 섬세함에 편중한다. 이러한 채취와 가공의 정밀함과 섬세함이 소위 명차의 품질을 보증할 수 있기에 오늘의 명차는 사실상 양질의 차 혹은 고급차라 할 수 있다.

• 차의 효능

차는 다섯 가지 맛이 있으며, 쓴맛으로 시작해서 단맛으로 끝난다. 주성분은 비타민(C, B, E, K 등), 아미노산, 카페인, 프림, 탄닌, 단백질, 탄수화물, 엽록소, 무기질 등이며, 효능으로는 괴혈병, 당뇨 예방, 식용촉진, 병의 저항력 강화, 노화 방지, 항암 효과, 지사제 역할, 이뇨작용, 충치 예방, 고혈압, 혈당 강화, 다이어트 등이 있다.

• 차의 종류

중국은 주로 차의 색으로 구분한다. 차의 품종별로 구분하면 녹차, 백차, 청차, 홍차, 화차, 흑차 등이 있고 이들을 크게 홍차, 녹차와 특수차로 구분하기도 한다. 발효에 따라 분류하면

발효차, 불발효차, 후발효차로 구분한다. 모양으로 분류하면 덩이차(團茶), 낱잎차, 싸락차, 섞은차, 가루차(末茶)로 구분한다. 차를 따는 시기에 따라 분류하면 봄차, 여름차, 가을차로 구분한다. 차 품질에 따라 분류하면 세차(細茶), 중차(中茶), 대차(大茶), 막차로 구분하는 방법이 있다.

녹차는 발효를 하지 않은 찻잎으로 만든 차로 비(非)발효차이다. 백차는 가장 경도의 발효차 찻잎을 직사일광에서 시들게 하고 나서 건조하는 차이다. 청차는 가장 가벼운 백차와 강한 홍차의 중간에 위치하는 반(半)발효차이다. 홍차는 찻잎을 따서 부드럽게 비비고 발효, 건조하여 제조한 차이다. 화차는 비발효차이다. 화차는 찻잎의 향기와 꽃의 향기를 융합한 차이다. 일반적으로 보이차는 흑차류로 분류한다. 흑차는 후(後)발효차로 찻잎 자체의 효소에 의한 산화발효와는 달리 주로 미생물에 의한 발효를 통해 완성된다.

이밖에 차의 제조 방법에 따른 분류 방법 중의 하나로 퇴적(堆積) 발효과정을 거친 전통차로 보이차, 육보차(六堡茶), 병차(餠茶), 단차(団茶) 등이 있다. 중국인들이 즐겨 마시는 흑차는 녹차의 가공 과정을 끝낸 뒤에 발효시켜서 만드는데 원래는

운남성에서 만든 녹차를 티베트와 내몽고 등 변방지역으로 운반하는 과정에서 자연 발효된 차를 지칭한 것으로 처음에는 색깔이 검게 변해 버렸는데, 차로 우려내 마셔 보니 괜찮아서 제조·판매하게 되면서 탄생한 차이다.

중국에서 주목하고 있는 10대 명차는 다음과 같다.

중국의 10대 명차

• 용정차

중국 제일의 명차로 절강성 항주 서호지역에 재배되는 녹차이다. 맛은 달면서 담백하고 탕색은 옅은 초록색이며 찻잎은 꽃모양을 하고 있다.

• 동정 벽라춘

태호의 동정산에서 재배된다. 봄에 부드러운 새싹을 볶아서 만든 것으로 1kg에 약 135,000~150,000개의 싹이 소요된다. 외부는 가늘고 부드러운 흰 솜털이 덮여있고 색은 녹색이며 잎은 소라고둥처럼 나선형을 하고 있다. 물에 담그면 엽록소가 드러나 신선하고 아름다운 비취색으로 반짝인다.

• 군산 은침

산지는 호남성 악양현 동정호의 청로섬이다. 구슬을 머금은 참새의 혀 모양처럼 생긴 잎이 찻물에 곧게 선 모양이 특히 아름답다고 한다. 향기가 맑으며 맛은 부드러우면서 달고 상쾌하며 탕색은 등황색이다.

• 노산 운무차

강서 노산에서 생산된다. 초록색의 통통한 새싹이 흰 솜털에 싸여 있는 것이 특징이다. 맛은 부드럽고 상쾌하며 탕색이 투명하고 향이 오래 간다.

• 기홍차

안휘성 기문에서 생산된다. 세계 3대 홍차 중 하나로, 향기
가 그윽하고 신선하며 단맛이 난다. 찻잎은 끝이 뾰족하고 가
늘며 탕색은 짙은 선홍색이다.

• 황산 모봉

안휘 황산에서 생산되는데, 이곳은 지형이 높고 나무가 많으
며 일조시간이 짧고 구름과 안개가 많이 끼기 때문에 차나무
의 성장에 유리하다. 찻잎은 가늘고 납작하며, 난향이 나고 뒷
맛이 감미롭다.

• 안시 철관음

복건성 안시에서 생산되는 차로 제작기술이 상당히 복잡하
다. 찻잎은 암록색이고 탕색은 선명한 등황색이다. 최상품 철
관음은 제작과정에 커피성분이 증발되어 찻잎에 엷은 흰 막을
형성하며, 난향이 있고 맛이 진하며 순수하다. 최근 건강과 미
용에 좋다는 우롱차의 효능이 알려지면서 일본과 동남아시아
에 철관음의 수요가 증가하고 있다.

• 윈난 보이차

윈난에서 생산되며 대엽차를 원료로 가공한 후발효차로 1700년의 역사를 가지고 있다. 교목 형태로의 차나무는 키가 크고 밀집하다. 향기가 독특하고 오랫동안 지속되며 여러 번 우려내도 향과 맛이 변하지 않는다. 찻잎은 도톰한 황록색에 붉은 반점이 있고 여러 개의 찻잎이 뒤엉켜있으며 흰색 솜털이 많다.

• 동정우롱

대만 중부 동정산지역에서 생산되는 대만의 명차이다. 맛이 부드럽고 향이 강하며 마시고 난 뒤 입안에 단맛이 남는다. 청심오룡의 품종으로 검은 녹색이며 모양은 선형에 가까운 녹차와 구형 철관음의 중간형이다.

탕색은 밝은 금황색이고, 우려낸 찻잎은 둘레가 붉고 가운데가 담녹색이다. 차의 등급은 매화로 표시하는데 다섯 송이 매화가 최상품이다.

• 소주 자스민

중국 자스민차의 최상품으로 250년의 역사를 갖고 있다. 자
스민은 바탕 차의 품질과 꽃의 배합 정도, 개화기에 따라 구분
되며, 향이 짙은 방향성 식물로 다양한 차의 향을 낸다.

중국의 차 문화 🍃

중국 전통문화의 중요한 구성 부분인 차 문화는 예의(禮), 법
도(道), 예술(藝)과 동양철학적 분위기가 다분한 종합적 문화라
고 할 수 있다. 차 문화는 그 내용을 보면 차와 연관되는 자연
과학과 사회과학의 내용을 포함하고 있다. 우리가 일반적으로
말하는 차 문화는 사회과학적 부분으로 주로 차의 역사, 차 산
지의 인문환경, 음다 습관과 차 문화예술 등 방면의 내용을 포
함한다. 당(唐)나라 시대부터 명·청으로 이어지는 동안 중국
의 차 문화는 생활 차 문화와 예술 차 문화로서 허실상생(虛实
相生)의 공간을 만들어 냈으며 그중 예술 차 문화는 사람들이

차를 마시는 과정 중에 차 도구, 차 예술 및 차와 관련된 음료 수 및 '다도'로 발전하게 된다. 다도란 사람들이 차 재배, 제작, 차를 우리는 기법 과정 속에서 정신적인 체험을 하는 모든 것을 칭하며 특히 중국에서는 다도를 문화예술 중의 한 가지로 여겨 문학과 예술작품 속에 많이 표현되었다. 이에 따라 민간에서도 차를 주요 이슈로 하는 풍속과 예의가 나타나게 되었고 이렇게 차 문화는 사회, 경제, 정치, 예술, 문화 등 여러 면에서 관련을 가지게 되었다.

이렇듯 차는 중국 민족의 주요 음료로서 문학, 회화, 시가 등의 형식을 통해 차 문화의 다양한 맛과 멋을 보여주기도 한다.

• 차 마시는 방법

바른 자세로 찻잔을 오른손으로 감싸 쥐고 왼손으로는 차의 밑 부분을 받쳐 들어 소리를 내지 않고 맛을 음미하며 향을 음미하고 조용히 마신다. 주전자(Tea pot)가 함께 테이블에 놓여 있는 경우는 주전자 손잡이를 오른손에 잡고 왼손으로 뚜껑을 누르면서 조용히 따른다. 차를 더 원할 경우 주전자에 차가 없을 경우 뚜껑을 열어 놓거나 뒤집어 놓으면 종업원이 채워 준다. 또한 음식마다 맛을 보면 반드시 입안의 음식 향과 맛을 제거하기 위해 차를 한 모금 마신 후 맛을 보는 것이 중국음식의 진가를 맛볼 수 있는 방법이다.

집에서
만드는
중식 실기 요리

양장피 잡채(차오러우량장피)

양장피와 여러 가지 채소·해물·고기를 채 썰어 익힌 후, 매콤
한 겨자소스로 버무린 양장피 잡채. 맛과 색의 조화가 아름답
고 화려하여 손님 요리에 빠지지 않는 메뉴.

요리법

기본정보

🕐 조리시간: 35분　　　　🍴 분량: 1인분 기준

요리의 재료

주 재 료 양분피 1/2장, 오이 50g, 당근 50g, 달걀 1개, 새우살 50g,
불린 해삼 60g, 갑오징어 1/4마리, 돼지등심살 50g

부 재 료 간장 1ts, 청주 적량, 녹말 적량, 달걀 흰자 적량, 부추 30g,
양파 1/2개, 대파 10g, 생강 1쪽, 마늘 2쪽, 목이버섯 5장, 소금 적량,
후추 적량, 간장 적량, 참기름 적량, 조미료 적량, 겨자 1TS, 설탕
2TS, 식초 2TS, 물 1TS, 소금 1/2ts, 참기름 1/2ts

재료설명 볶음재료 (돼지등심살 50g, 간장 1ts, 청주 적량, 녹말 적
량, 달걀 흰자 적량, 부추 30g, 양파 1/2개, 대파 10g, 생강 1쪽, 마늘
2쪽, 목이버섯 5장, 소금 적량, 후추 적량, 간장 적량, 참기름 적량, 조
미료 적량), 겨자소스 (겨자 1TS, 설탕 2TS, 식초 2TS, 물 1TS, 소금
1/2ts, 참기름 1/2ts)

요리과정

❶ 양장피는 물에 담가두었다가 부드러워지면 끓는 물에 데치고 찬물에 헹구어 사방 4cm 정도로 뜯어 참기름과 소금으로 밑간을 한다. 양분피는 물에 불린 후 끓는 물에 데쳐 찬물에 식혀 참기름과 소금으로 밑간을 해서 사용한다.

❷ 겨자는 뜨거운 물에 개어 발효시킨 후 설탕, 식초, 소금으로 간을 하고 고운 체에 걸러 참기름으로 향을 내어 겨자소스를 만든다. 모든 채소의 크기와 굵기는 균일하게 한다.

❸ 돼지고기는 5×0.3cm로 채 썰어 간장, 후추, 청주, 녹말, 달걀 흰자로 밑간해 둔다. 갑오징어는 껍질을 벗기고 세로로 칼집을 내어 끓는 물에 데친 후 5cm 길이로 가늘게 썬다.

❹ 오이, 황백지단, 살짝 데친 당근은 5cm 길이로 채 썰고, 새우는 내장을 제거한 다음 데친다. 해삼은 얇게 저며 5cm 길이로 채 썰어 간장, 청주로 밑간하여 볶아낸다. 접시 가장자리에 오이, 당근, 오징어, 황백지단, 해삼, 목이버섯, 새우를 색을 맞추어 가지런히 돌려 담고 가운데에 무쳐둔 양장피를 깐다.

❺ 부추, 양파, 표고버섯, 대파는 4cm 길이로 채 썰고 생강, 마늘도 채 썬다. 목이버섯은 뜨거운 물에 불려 잘게 찢어둔다.

❻ 달구어진 팬에 식용유를 두르고 생강, 대파를 볶아 간장과 청주로 향을 낸 후 돼지고기, 양파, 목이버섯, 부추 순으로 볶아 소금, 후추, 간장으로 간을 하고 마지막에 참기름으로 버무려 양장피 위에 담고 겨자소스를 끼얹으면 완성.

오징어 냉채(량빤요우위)

차가운 냉채소스와 오징어의 맛이 일품인 오징어 냉채.

요리법

기본정보

⏱ 조리시간: 30분

🍴 분량: 4인분 기준

요리의 재료

주 재 료 오징어 1마리, 오이 1/2개, 양배추 3장, 무순 30g, 적채 2장, 소금(약간)

부 재 료 마늘(다진 마늘) 1작은술, 꿀 1작은술, 참기름 1작은술, 식초 2큰술, 설탕 2큰술, 소금 1/2작은술, 통깨(약간), 후춧가루(약간)

재료설명 냉채소스 (마늘 1작은술, 꿀 1작은술, 참기름 1작은술, 식초 2큰술, 설탕 2큰술, 소금 1/2작은술, 통깨, 후춧가루)

요리과정

❶ 오징어는 내장과 먹물을 빼고 껍질을 소금으로 비벼 벗긴 후 물에 깨끗하게 씻어 물기를 뺀다.

❷ 오징어 몸통은 안쪽에서 사방으로 칼집을 넣고 가로 4cm, 세로 1cm 크기로 잘라 다리는 칼집을 잘게 넣고 4cm 길이로 자른다.

❸ 손질한 오징어를 끓는 물에 데쳐 익으면 건져서 찬물에 헹궈 물기를 빼서 차게 둔다.

❹ 오이는 4cm 길이로 돌려 깎아 곱게 채 썰고 양배추와 적채도 같은 길이로 채 썬다.

❺ 무순은 잡티 없이 정리해서 물에 헹궈 가지런히 정리해 물기를 뺀다.

❻ 다진 마늘에 식초와 설탕, 꿀을 넣고 잘 섞어서 소금, 참기름, 통깨, 후춧가루를 넣어 골고루 섞어 냉채소스를 만들어 차게 냉장고에 넣어 둔다.

❼ 접시에 오징어, 오이, 양배추, 적채, 무순을 차례로 담고 차게 넣어둔 냉채소스를 뿌리면 완성.

해파리 냉채(량빤하이저)

냉채의 꽃. 톡 쏘는 맛이 일품인 해파리 냉채.

요리법

기본정보

⏱ 조리시간: 80분

🍴 분량: 1접시 기준

요리의 재료

주 재 료 해파리 500g, 오이 80g

부 재 료 간장 7㎖, 참기름 5㎖, 식초 40㎖, 마늘(다진 마늘) 15g, 설탕(설탕 수북이) 15g, 물 75㎖, 소금 12g, 굴소스 4g, 참기름 4㎖, 간장 6㎖

재료설명 양념(간장 7㎖, 참기름 5㎖), 소스(식초 40㎖, 마늘 15g, 설탕 15g, 물 75㎖, 소금 12g, 굴소스 4g, 참기름 4㎖, 간장 6㎖)

대체재료 오이 → 양상추, 당근 (개인 기호에 따라 여러 가지 채소를 곁들인다.)

요리과정

❶ 해파리는 물에 담가 염분을 빼준다.

❷ 해파리는 끓는 물을 부어 살짝 데치고 물에 잘 비벼 씻은 후 찬물에 30분 정도 담가놓는다.

❸ 30분 후, 해파리는 채 썰어 간장과 참기름을 넣어 양념한다.

❹ 오이는 채 썰고, 무쳐 놓은 해파리 $\frac{1}{2}$ 분량만 함께 섞어 접시에 담는다.

❺ 소스 재료를 모두 섞어 해파리 위에 뿌리면 완성.

생선 완자탕(탕위완쯔탕)

생선살이나 새우살에 달걀 흰자와 녹말을 넣고 공기를 많이 넣어 가볍게 하여 익혀내는 맑은 탕.

요리법

기본정보

🕐 조리시간: 25분

🍴 분량: 1인분 기준

요리의 재료

주 재 료 흰살생선 120g

부 재 료 달걀 흰자 1/3개, 녹말 150g, 대파 20g, 죽순 20g, 표고버섯 1개, 양송이 1개, 얼갈이배추 2장, 생강 1/4쪽, 육수 2C, 간장 1ts, 소금 1TS, 청주 1TS, 참기름 1/2ts

---

요리과정

❶ 흰살생선(새우살)은 살만 물기를 제거한 후 곱게 다져서 달걀 흰자, 소금, 청주, 녹말을 넣어 끈기 있게 치대어 골고루 섞는다.

❷ 손가락 사이로 생선살 반죽을 2cm 정도의 완자로 둥글게 빚는다.

❸ 끓는 물에 생선 완자를 넣어 끓어 떠오르면 건져 탕 그릇에 담는다. 국물은 여러 겹의 면보로 걸러서 육수로 사용한다.

❹ 죽순, 표고버섯, 청경채는 끓는 물에 데쳐낸 다음, 죽순은 빗살모양으로, 표고버섯과 청경채는 3×1.5cm로 얇게 편으로, 파는 둥글게 썬다.

❺ 냄비에 육수를 넣고 끓으면 표고버섯, 죽순, 청경채를 넣고 끓이다가 간장, 소금, 청주로 간을 맞춘 다음 참기름을 친다.

❻ 탕 그릇에 완자를 담고 뜨거운 국물을 부어 채 썬 대파를 고명으로 얹으면 완성.

달걀탕(딴후아탕)

쉬워 보이지만 결코 쉽지만은 않은, 소박한 먹거리 달걀탕.

요리법

기본정보

🦪 조리시간: 40분

🍴 분량: 2인분 기준

요리의 재료

주 재 료 달걀 100g

부 재 료 다시마(다시마 소) 20g, 새우(마른 새우) 100g, 물 200㎖,
청주 1㎖, 소금(맛소금) 1g, 대파30g

재료설명 감칠맛 더함(새우 100g), 달걀 비린내 제거(청주 1㎖)

요리과정

❶ 마른 새우는 냄비에 담아 식용유 없이 살짝 볶아 비린내를 제거한다.

❷ 새우가 고소하게 볶아지면 물과 다시마를 넣어 한소끔 끓으면 불을 줄여 20분 정도 더 끓여 육수를 만들어 준비한다.

❸ 달걀 푼 것에 청주와 맛소금을 넣어 골고루 섞어준다. 달걀에 청주를 넣어주면 비린내가 제거된다.

❹ 뚝배기에 준비된 육수를 달걀물과 같은 양을 부어 팔팔 끓여 준 후, 육수가 끓으면 불을 끄지 않은 상태로 달걀물을 부어준다.

❺ 달걀물을 붓고 바로 젓가락을 넣어 이리저리 저어준다.

❻ 미리 썰어 준비한 대파를 넣고 뚜껑을 덮은 후 중불에서 끓이다가 달걀이 익는 냄새가 나면 바로 불을 끈다. 30초 정도 뚜껑을 열지 말고 더 뜸을 들이면 완성.

탕수육(탕추러우)

생각보다 만들기 쉬운 탕수육. 이제 집에서 도전해보세요.

요리법

기본정보

⏱ 조리시간: 30분

🍴 분량: 2인분 기준

요리의 재료

주 재 료 돼지고기(돼지등심) 200g

부 재 료 녹말 200g, 당근 70g, 오이 80g, 파인애플 100g, 목이버섯 30g, 완두콩 20g, 달걀(달걀 흰자) 30g, 식용유 1ℓ, 진간장 21㎖, 설탕 126g, 식초 60㎖, 물 150㎖

재료설명 소스재료(진간장 21㎖, 설탕 126g, 식초 60㎖, 물 150㎖)

요리과정

❶ 고기는 손가락 2마디 길이, 넓이 0.3cm 정도로 썰어서 물기를 빼준다.

❷ 당근, 오이, 목이버섯을 모양을 내서 썰어 놓는다.

❸ 달걀 흰자와 녹말물을 넣고 고기를 기름에 튀긴다. 기름 온도는 170~180℃가 적당하다.

❹ 팬에 물, 설탕, 식초, 간장을 넣고 소스를 섞은 후 야채를 같이 넣고 끓여 녹말물을 푼다.

❺ 튀긴 고기를 같이 넣고 버무려주면 완성.

탕수조기

바삭하고 모양 있게 튀겨낸 조기와 곱게 채 썬 채소, 여기에 탕
수소스까지. 화려함을 자랑하는 탕수조기.

요리법

기본정보

⏱ 조리시간: 30분

🍴 분량: 1인분 기준

요리의 재료

주 재 료 조기 1마리

부 재 료 배추 2줄기, 당근 1/4개, 건표고버섯 2개, 건목이버섯 5개,
대파 1/2토막, 달걀 1개, 생강 1쪽, 녹말가루 200㎖, 식용유 800㎖,
육수 300㎖, 설탕 4TS, 식초 3TS, 간장 1TS, 청주 1TS, 육수 1.5C,
녹말물 2TS, 소금 1/2TS

재료설명 탕수소스(설탕 4TS, 식초 3TS, 간장 1TS, 청주 1TS, 육수
1.5C, 물녹말 2TS, 소금 1/2TS)

요리과정

❶ 조기는 비늘을 벗기고 아가미로 내장을 빼내어 깨끗이 씻는다.

❷ 조기에 칼을 뉘어 2cm 간격으로 뼈까지 깊게 칼집을 넣은 다음, 약간의 소금, 후추, 각 1작은술의 청주, 생강즙으로 밑간 한다.

❸ 밑간한 조기는 녹말가루를 묻히고 달걀 $\frac{1}{2}$개에 녹말 $\frac{1}{2}$컵을 혼합한 튀김옷을 입힌다.

❹ 조기는 170℃의 기름에 꼬리를 들어 머리 부분부터 집어넣고, 뜨거운 기름을 몸통에 몇 번 끼얹은 후 완전히 넣어 바삭하게 튀긴다.

❺ 뜨겁게 달군 팬에 기름을 두르고 마늘, 생강, 대파를 볶다가 간장, 청주로 향을 낸 후 4cm 길이로 곱게 채 썬 배추, 당근, 목이버섯, 표고버섯 순으로 볶는다. 여기에 육수를 붓고 분량의 소스양념으로 간을 한다. 끓으면 물녹말을 넣고 참기름을 넣어 탕수소스를 만든다. 소스를 튀긴 조기 위에 끼얹으면 완성.

새우케첩볶음

튀긴 새우를 토마토케첩 소스로 버무려내는 새우케첩볶음.

요리법

기본정보

🕤 조리시간: 25분

🍴 분량: 1인분 기준

요리의 재료

주 재 료 새우살 200g, 녹말가루 100g

부 재 료 간장 1ts, 청주 2TS, 달걀 1개, 양파 50g, 당근 50g, 대파 30g, 생강 1쪽, 식용유 800㎖, 육수 1/2C, 토마토케첩 50㎖, 식초 1TS, 설탕 1TS, 참기름 적량, 물녹말 1TS

재료설명 소스(육수 1/2C, 토마토케첩 50㎖, 식초 1TS, 설탕 1TS, 참기름 적량, 물녹말 1TS)

요리과정

❶ 새우는 등 쪽의 내장과 물집을 제거하고 껍질을 벗겨 청주, 후추로 밑간한다.

❷ 양파, 당근은 2×2cm 크기의 편으로 썰고 파, 생강도 편으로 썬다.

❸ 밑간 한 새우에 달걀 흰자와 녹말가루를 넣어 반죽하여 170℃ 정도의 기름에 바삭하게 튀긴다.

❹ 팬을 충분히 달군 후 식용유를 두르고 파, 생강을 먼저 볶다가 청주를 넣고 향을 낸 다음 양파, 당근을 넣고 볶은 후 분량의 소스재료를 넣어서 끓인다.

❺ 끓으면 물녹말을 넣어 농도를 걸쭉하게 한 다음, 튀겨낸 새우를 넣고 버무린 후 참기름을 넣으면 완성.

난자완스 (난지엔완쯔)

튀김 요리를 대표하는 난자완스. 맛 또한 일품이라 탕수육과 더불어 전 연령대에 사랑 받는 요리다.

요리법

기본정보

⊗ 조리시간: 60분

🍴 분량: 2인분 기준

요리의 재료

주 재 료 돼지고기 250g, 녹말 30g

부 재 료 청주 5㎖, 후추 2g, 생강즙 2㎖, 간장 2㎖, 달걀 100g, 표고버섯 30g, 양송이버섯 25g, 죽순 40g, 청경채 10g, 식용유 200㎖, 식용유 15㎖, 굴소스 15㎖, 대파 20g, 마늘 4g, 생강즙 3㎖, 청주 15㎖, 간장 10㎖, 닭육수 200㎖, 후추 2g, 녹말물 30㎖

재료설명 소스(식용유 15㎖, 굴소스 15㎖, 대파 20g, 마늘 4g, 생강즙 3㎖, 청주 15㎖, 간장 10㎖, 닭육수 200㎖, 후추 2g, 녹말물 30㎖)

요리과정

❶ 불린 표고버섯, 양송이버섯, 죽순은 편으로 썰고, 청경채는 4cm 길이, 파는 세로로 반을 갈라 3cm 길이로 썰고, 생강과 마늘은 편 썰기를 한다.

❷ 다진 돼지고기는 청주 1작은술, 후추, 생강즙 $\frac{1}{2}$작은술, 간장 $\frac{1}{2}$작은술로 밑간하고, 달걀 2개와 녹말 2큰술을 함께 반죽하여 치댄 후 고기를 지름 2.5cm 크기 완자로 빚는다.

❸ 팬에 식용유 1컵을 붓고 기름온도 100~120℃에서 조리하고 뒤집개로 살짝 눌러가며, 노릇한 색이 날 때까지 익힌다.

❹ 팬에 식용유를 1큰술 두르고, 파, 마늘, 생강을 볶다가 청주와 간장 1작은술을 넣고 나머지 야채를 함께 볶는다.

❺ 닭육수 1컵을 넣고, 간장 1작은술, 굴소스 1큰술, 후추, 튀긴 완자를 넣는다.

❻ 완자에 소스를 끼얹어가며 2분 정도 더 조려주고, 녹말물을 풀어 농도를 맞추면 완성.

라조기(라지아오지)

물고기가 아닌 닭으로 만든 요리 라조기.

요리법

기본정보

⏱ 조리시간: 50분

🍴 분량: 2인분 기준

요리의 재료

주 재 료 닭고기 250g, 표고버섯 28g, 죽순 30g, 청경채 30g, 녹말 8g

부 재 료 양송이버섯 25g, 홍고추(말린 홍고추) 8g, 달걀 60g, 녹말 55g, 대파(대파의 흰 부분) 10g, 마늘 6g, 생강 5g, 식용유 600㎖, 청주 15㎖, 간장 15㎖, 굴소스 15g, 고추기름 30㎖, 물 200㎖, 후추 2g

재료설명 소스(청주 15㎖, 간장 15㎖, 굴소스 15g, 고추기름 30㎖, 물 200㎖, 후추 2g, 녹말 8g)

요리과정

❶ 닭고기는 길이 4cm, 굵기 1cm 크기로 썬다.

❷ 대파, 생강, 마늘은 작은 편으로 썬다.

❸ 표고버섯, 죽순, 양송이버섯은 굵게 편으로 썬다.

❹ 청경채는 길이 4cm로, 건고추는 길이 3cm로 썬다.

❺ 닭고기, 전분, 달걀을 섞어서 튀김옷을 입힌다.

❻ 팬에 기름을 넣고 가열한 후, 닭고기를 넣고 튀긴다. 튀김온
도는 170~180℃가 적당하다.

❼ 팬에 고추기름을 넣고 고추를 볶다가 대파, 생강, 마늘을 넣
고 볶는다.

❽ 다시 정종, 간장을 넣고 볶다가 나머지 야채를 넣고 1분 정
도 볶아준 다음, 물 1컵을 붓는다.

❾ 굴소스, 후춧가루 등으로 간을 한 후, 끓으면 전분 $\frac{2}{3}$ 큰술,
물 2큰술로 만든 물 전분을 풀어준다.

❿ 소스에 튀긴 닭고기를 넣고 빨리 섞어준 다음 접시에 담으
면 완성.

깐풍기(깐펑지)

매콤달콤한 소스에 바삭한 닭고기 요리. '깐풍'이란 국물 없이 마르게 볶은 음식을 가리키고 '기'는 닭고기를 의미한다.

요리법

기본정보

⏱ 조리시간: 20분

🍴 분량: 2인분 기준

요리의 재료

주 재 료 닭고기(다리살) 350g

부 재 료 풋고추 5g, 홍고추 5g, 대파(흰 부분) 20g, 마늘 20g, 달걀 30g, 녹말 50g, 청주 22㎖, 간장 1㎖, 후추(후추 약간), 생강(생강 약간), 참기름 14㎖, 식용유(튀김식용유) 1100㎖, 물 40㎖, 식초 20㎖, 간장 15㎖, 굴소스 15g, 설탕(설탕 수북이) 15g

재료설명 소스(물 40㎖, 식초 20㎖, 간장 15㎖, 굴소스 15g, 설탕 15g)

요리과정

❶ 닭다리는 길이 3~4cm로 썬다.

❷ 풋고추, 홍고추는 씨를 제거하고 썬다.

❸ 대파, 마늘, 생강은 편 썬다.

❹ 닭고기는 청주 7g, 간장 1g, 후추 약간 등으로 취향에 따라 밑간을 한다.

❺ 달걀, 전분, 닭고기를 넣고 잘 버무려준다.

❻ 닭다리를 식용유에 넣고 튀긴다.

❼ 기름에 넣고 약 1분 후 꺼내어 국자로 툭툭 쳐주어 닭의 수분을 빼준 후 다시 기름에 넣고 튀겨준다. 기름 온도는 170~180℃가 적당하다.

❽ 소스를 미리 섞어 준비한다.

❾ 다른 팬에 식용유를 넣고 썰어놓은 야채를 볶는다.

❿ 청주 15g을 넣고, 튀김한 닭고기를 넣는다.

⓫ 만들어 놓은 소스를 닭고기 위에 뿌려준다.

⓬ 닭고기와 소스가 잘 버무려지도록 강한 불에 빨리 섞어준다.

⓭ 참기름을 약간 넣고 접시에 담으면 완성.

홍쇼두부(홍샤오또우푸)

돼지고기와 채소에 간장을 사용하여 색이 붉게 나게 만든 소스
를 붓고 끓인 대표적인 두부요리.

요리법

기본정보

⏱ 조리시간: 30분

🍴 분량: 1인분 기준

요리의 재료

주 재 료 두부 150g

부 재 료 돼지고기 50g, 달걀 1/3개, 녹말 1ts, 청경채 2포기, 죽순
30g, 불린 표고버섯 2장, 홍고추 1개, 양송이 2장, 대파 1/2토막, 마늘
3쪽, 생강 1/5쪽, 간장 1ts, 육수 3/4C, 소금 적량, 조미료 적량, 후추
적량, 청주 적량, 참기름 적량, 식용유 적량, 물녹말 2TS

요리과정

❶ 두부는 사방 5cm, 두께 1cm 정도의 삼각형으로 썰어 기름을 넉넉히 둘러 노릇노릇하게 튀기듯이 지져낸다.

❷ 돼지고기는 납작하게 편으로 썰어 간장과 청주로 밑간하여 달걀 흰자와 녹말로 잘 버무려 기름에 살짝 데쳐낸다.

❸ 파는 4cm 길이로 잘라 4등분하고 청경채도 같은 크기의 편으로 썬다. 죽순은 빗살모양으로 썰고, 표고버섯과 양송이는 큼직하게 편으로 썬다. 홍고추는 씨를 털고 편으로 썬다.

❹ 팬을 달구어 뜨거워지면 기름을 두르고 편으로 썰은 생강, 마늘, 파를 넣고 볶다가 간장과 청주로 향을 낸다. 마른 표고버섯은 뜨거운 물에 불리고 젖은 표고버섯은 끓는 물에 데쳐낸 후 찬물에 헹군다.

❺ 여기에 청경채, 표고버섯, 홍고추, 죽순, 양송이를 순서대로 넣어 볶고 살짝 익힌 돼지고기를 넣고 볶아 완전히 익힌다.

❻ ❺에 육수를 붓고 끓으면 간장, 소금(굴소스), 후추로 간하고 물녹말을 조금씩 넣어 농도를 맞춘 다음, 튀긴 두부를 넣고 고루 섞어 참기름을 넣으면 완성.

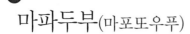

마파두부(마포또우푸)

중국 사천지방의 가장 유명한 요리. 매콤한 소스에 담백한 두부가 만난 마파두부.

요리법

기본정보

⏱ 조리시간: 20분

🍴 분량: 2인분 기준

요리의 재료

주 재 료 연두부 300g

부 재 료 소금 4g, 홍고추 5g, 대파 8g, 마늘 10g, 생강 10g, 두반장 7g, 돼지고기(다진 돼지고기) 50g, 청주 14㎖, 간장 14㎖, 물 200㎖, 굴소스 4g, 후추(후추 약간), 치킨파우더 4g, 설탕 2g, 녹말(물에 푼 녹말) 20g, 고추기름 28g

재료설명 소스재료(홍고추 5g, 대파 8g, 마늘 10g, 생강 10g, 두반장 7g, 돼지고기 50g, 청주 14㎖, 간장 14㎖, 물 200㎖, 굴소스 4g, 후추, 치킨파우더 4g, 설탕 2g, 녹말 20g, 고추기름 28g)

요리과정

❶ 두부는 사방 1.5cm 크기의 깍두기 모양으로 썬다.

❷ 홍고추, 대파, 마늘, 생강은 잘게 썰거나 다져놓는다.

❸ 팬에 물을 800㎖ 정도 부어 끓인 다음 썰어 놓은 두부와 소금 4g을 넣어 데친 다음, 체에 건져 물기를 빼둔다.

❹ 팬에 고추기름을 1큰술 두르고 다진 돼지고기, 홍고추, 대파, 마늘, 생강을 넣고, 청주, 간장, 두반장을 넣어 10초 정도 볶는다.

❺ 다진 고기를 10초 정도 볶아서 고기를 익히고 청주, 간장을 넣고 물을 부은 다음 끓으면 데쳐 놓았던 두부를 넣고 1~2분 정도 더 끓인다.

❻ 굴소스, 치킨파우더, 설탕을 넣어 조린다.

❼ 녹말물을 넣어 골고루 잘 섞으면 완성.

채소볶음(샤오허차이)

야채가 듬뿍 들어간 건강식 채소볶음. 냉장고에 있는 갖은 야채를 맛있게 즐겨 보세요.

요리법

기본정보

🕸 조리시간: 30분

🍴 분량: 1인분 기준

요리의 재료

주 재 료 양배추 63g, 청피망 13g, 홍피망 13g, 양파 80g

부 재 료 대파 4g, 마늘(다진 마늘) 7g, 참기름 15㎖, 간장 15㎖, 굴소스 7㎖, 소금, 깨(약간), 후춧가루(약간), 식용유 30㎖

요리과정

❶ 야채는 모두 깨끗이 닦아 채 썰어 준비한다.

❷ 식용유를 두른 팬에 마늘을 먼저 볶아 향을 내어주고 야채를 모두 넣어 살짝 볶는다.

❸ 야채가 볶아지면 간장과, 굴소스, 소금으로 간을 하고 불을 끄고 참기름, 후춧가루, 깨로 마무리하면 완성.

부추잡채(차오지우차이)

돼지고기와 부추를 기름에 볶아 만든 부추잡채.

요리법

기본정보

⏱ 조리시간: 30분

🍴 분량: 2인분 기준

요리의 재료

주 재 료 부추 200g, 돼지고기 80g

부 재 료 달걀(달걀 흰자) 10g, 녹말 4g, 식용유 100㎖, 청주 15㎖,
간장(재래간장) 5㎖, 소금 5g, 치킨파우더 5g, 참기름 5㎖

요리과정

❶ 부추는 깨끗이 정리하여 흰 줄기 부분과 파란 잎 부분을 구분하여 5cm 길이로 썬다.

❷ 돼지고기는 0.3cm×5cm 길이로 썰고, 녹말과 달걀 흰자를 버무린다.

❸ 팬에 식용유 $\frac{1}{2}$컵을 두르고 온도가 130℃ 정도 되면 고기를 익히고 체에 건져 기름을 뺀다.

❹ 팬에 식용유와 함께 부추 흰 부분을 먼저 넣고 청주를 넣어 볶는다.

❺ 재래간장, 소금, 치킨파우더로 간을 맞추고 조금 더 볶다가 부추 파란잎을 넣고 볶는다.

❻ 조리한 돼지고기를 넣고, 참기름을 살짝 둘러 마무리하면 완성.

고추잡채(칭지아오러우시)

꽃빵의 단짝 친구, 고추잡채.

요리법

기본정보

⏱ 조리시간: 20분

🍴 분량: 1접시 기준

요리의 재료

주 재 료 청피망 70g, 돼지고기 100g, 고추기름 28㎖

부 재 료 죽순 30g, 표고버섯 20g, 달걀(달걀 흰자) 30g, 녹말 4g, 양파 80g, 청주 15㎖, 간장 15㎖, 굴소스 15g, 참기름 2㎖, 후추(후추 약간)

재료설명 양념재료 (청주 15㎖, 간장 15㎖, 굴소스 15g, 참기름 2㎖, 후추)

요리과정

❶ 청피망은 씨와 흰살을 제거하고 죽순, 표고버섯, 청피망, 돼지고기, 양파는 0.3cm 굵기로 채썬다.

❷ 고기는 녹말, 달걀 흰자, 후추를 넣고 버무리고 고추기름을 두른 팬에 볶다가 양파를 볶는다.

❸ 청주, 간장을 넣고 청피망, 죽순, 표고버섯을 넣어 볶다가 굴소스와 후춧가루를 넣어 간한다.

❹ 참기름으로 마무리하고 그릇에 담으면 완성.

경장육사(징짱로쓰)

곱게 채 썬 돼지고기와 죽순 · 자장소스 · 대파가 만나 짭짤한
맛의 식욕을 자극하는 볶음요리.

요리법

기본정보

⚙ 조리시간: 30분

🍴 분량: 1인분 기준

요리의 재료

주 재 료 돼지등심살 200g, 춘장 50g

부 재 료 죽순통조림 100g, 대파 2토막, 달걀 1개, 식용유 300㎖, 설
탕 30g, 굴소스 30㎖, 청주 30㎖, 진간장 30㎖, 녹말가루 50g, 참기름
5㎖, 깐마늘 1쪽, 생강 1/2쪽, 물 30㎖

요리과정

❶ 돼지고기는 6×0.2cm로 곱게 채 썰어 간장 ½작은술, 청주, 후추로 밑간한 다음 달걀 흰자와 녹말을 각 1큰술씩을 넣고 잘 버무린다.

❷ 프라이팬에 돼지고기가 잠길 정도의 식용유를 넉넉히 붓고 약불(150℃)에서 가닥가닥 떨어지게 익혀 낸다.

❸ 대파 ⅘를 4.5cm 길이로 토막내어 심은 빼버리고 곱게 채 썬 다음, 찬물에 담가 매운맛을 뺀 후 체망에 받쳐 물기를 없앤다.

❹ 죽순은 끓는 물에 데친 다음, 5×0.2cm로 채썰고 대파, 생강, 마늘도 곱게 채 썬다.

❺ 춘장은 식용유를 잠길 만큼 넉넉히 붓고 설탕 1큰술을 넣은 다음 충분히 볶아 둔다.

❻ 팬을 달구어 뜨거워지면 식용유를 두르고 생강채, 마늘채, 파채를 넣고 볶다가 간장(½작은술)과 청주를 넣어 향을 낸 후 익혀 놓은 돼지고기를 넣고 한 번 더 볶는다.

❼ ❻에 죽순을 넣고 볶다가 볶은 춘장(1큰술)과 굴소스(1큰술), 육수(물)를 붓고 끓으면, 물녹말(물:녹말 = 1:1) 1큰술을 넣어 걸쭉하게 농도를 맞춘 다음 참기름을 넣는다.

❽ 접시에 파채를 고루 펴 담고 그 위에 볶은 고기를 얹으면 완성.

짜춘권(짜춘위엔)

달걀지단에 볶은 채소를 넣고 말아 튀긴 짜춘권. 바삭하고 고소한 맛이 어우러진 젊음과 인생만사의 봄이 언제까지나 계속되길 기원하며, 입춘(立春)과 절분(節分)에 먹는 음식.

요리법

기본정보

⏱ 조리시간: 30분

🍴 분량: 1인분 기준

요리의 재료

주 재 료 달걀 2개, 돼지고기 등심 50g, 새우살 30g, 양파 1/2개, 부추 30g, 죽순 20g, 불린 표고 2장, 불린 해삼 20g

부 재 료 녹말 1TS, 물 1TS, 생강 1쪽, 대파 1/2토막, 진간장 2ts, 소금 적량, 후추 적량, 청주 적량, 참기름 적량, 조미료 적량, 식용유 적량, 밀가루풀 1TS

요리과정

❶ 달걀을 풀어 체에 내린 다음 소금과 물녹말(물1ts : 녹말1/2ts)을 넣고 팬을 달구어 원형으로 지단을 부친다.

❷ 새우살은 내장을 제거하고 끓는 소금물에 살짝 데친다. 양파, 죽순, 부추, 표고, 해삼은 4cm 길이로 채썰고 생강도 채썬다.

❸ 돼지고기는 5×0.2cm로 가늘게 채썰어 소금, 후추, 청주로 밑간해 둔다.

❹ 팬을 뜨겁게 달군 후 식용유를 두르고 생강을 볶다가 간장과 청주로 향을 낸 다음 돼지고기를 볶고, 양파, 죽순, 해삼, 표고버섯, 새우살, 부추 순으로 볶아 소금, 후추로 간하고 참기름을 넣는다.

❺ 달걀 지단 바깥쪽으로 밀가루풀을 고루 발라준 다음 볶은 속재료를 길게 놓아 직경이 3cm 정도 되게 양 가장자리를 접어 넣어 김밥 말듯이 둥글게 만다. 끝쪽에 밀가루풀을 발라 붙인 다음 160℃의 기름에 튀겨 낸 후 약 2cm 길이로 잘라서 접시에 담아내면 완성.

물만두(수웨이지아오쯔)

한입에 쏙쏙 들어가는 부드러운 물만두.

요리법

기본정보

⏲ 조리시간: 40분

🍴 분량: 2인분 기준

요리의 재료

주 재 료 밀가루 200g, 부추 100g, 돼지고기(다진 돼지고기) 100g

부 재 료 대파(다진 대파) 3g, 생강(다진 생강) 2g, 청주 15㎖, 식용유 15㎖, 굴소스 8g, 참기름 7㎖, 후추(후추 약간), 물 94㎖, 소금(소금 약간), 간장 30㎖, 설탕 2g, 물 15㎖, 식초 15㎖, 대파(다진 대파) 2g

재료설명 만두피 (밀가루 200g, 물 94㎖, 소금), 간장소스 (간장 30㎖, 설탕 2g, 물 15㎖, 식초 15㎖, 대파 2g)

요리과정

➊ 밀가루, 물, 소금을 섞어 오래 치대고, 비닐봉지에 넣어 실
온에서 20분 숙성시킨다. 밀가루: 물 = 100g: 47g 비율로 만
두피를 만든다.

➋ 반죽을 꺼내어 더 치대다가 엄지손가락(6g)만큼 떼어내고 밀
대로 동그랗게 얇게 민다.

➌ 부추는 송송 썰고, 다진 돼지고기와 만두소 재료를 함께 섞
어 만두소를 만든다.

➍ 만두피에 속을 넣고 반달 모양으로 빚는다.

➎ 끓는 물에 만두를 넣고 찬물을 세 번 정도 넣어가며 삶는다.

➏ 만두를 건져 그릇에 담으면 완성.

옥수수탕(빠스위미)

옥수수탕은 딤섬(点心)의 일종으로 튀겨낸 옥수수 완자를 색이
나게 빠스하여 가볍게 내어 먹는 음식.

요리법

기본정보

🕐 조리시간: 25분

🍴 분량: 1인분 기준

요리의 재료

주 재 료 옥수수캔 120g

부 재 료 밀가루 80g, 난황 1/2개, 땅콩 7알, 식용유 1TS, 설탕
3~4TS, 물 1ts, 식용유 적량

재료설명 시럽 (식용유 1TS, 설탕 3~4TS, 물 1ts, 식용유 적량)

요리과정

❶ 옥수수는 체에 밭쳐 물기를 빼고, 도마에 놓고 부드럽게 으깨어 다지고 땅콩도 잘게 다진다.

❷ 옥수수, 땅콩, 밀가루, 난황을 섞어 손가락을 이용하여 직경 3cm 정도의 완자로 빚어 기름 바른 접시에 둔다.

❸ 옥수수 완자를 150~160℃ 정도의 식용유에 국자로 저어가며 노릇노릇하게 튀긴다

❹ 식용유를 팬 전체에 바르고 설탕을 넣고 고르게 편 다음, 설탕이 녹아 연갈색이 되면 튀긴 옥수수를 넣어 재빨리 버무리면 완성.

고구마탕(빠스띠과)

설탕을 녹여 만든, 달콤한 유혹의 고구마탕.

요리법

기본정보

⏰ 조리시간: 25분

🍴 분량: 1인분 기준

요리의 재료

주 재 료 고구마 1개

부 재 료 튀김기름 1ℓ, 식용유 1TS, 설탕 3~4TS, 물 1ts

재료설명 시럽(식용유 1TS, 설탕 3~4TS, 물 1ts)

요리과정

❶ 고구마는 껍질을 벗겨 먼저 길게 2~4등분하여 4cm 크기의 삼각형으로 돌려가며 크기가 일정하게 썰어 찬물에 담근다.

❷ 고구마는 건져서 물기를 닦고 160℃의 기름에서 국자로 저어가며 노릇노릇하게 튀긴다.

❸ 식용유를 팬 전체에 바르고 코팅한 후 여분은 따라 버리고 설탕을 넣어 고르게 편 다음, 설탕이 녹아 연갈색이 되면 튀긴 고구마를 넣어 재빨리 버무리면 완성.

출제기준(실기)

(출처: 한국산업인력공단)

직무분야	음식서비스	중직무분야	조리
자격종목	중식조리기능사	적용기간	2012.1.1~2015.12.31

○ 직무내용: 중식조리부분에 배속되어 제공될 음식에 대한 계획을 세우고
　　　　　　조리할 재료를 선정, 구입, 검수, 보관 및 저장하며 적절한
　　　　　　조리기구를 선택하여 영양적이고 위생적인 음식을 제공하는
　　　　　　직무 조리시설 및 기구를 위생적으로 관리, 유지하는 직무

○ 수행준거: 1. 중식의 고유한 형태와 맛을 표현할 수 있다.
　　　　　　2. 식재료의 특성을 이해하고 용도에 맞게 손질할 수 있다.
　　　　　　3. 레시피를 정확하게 숙지하고 적절한 도구 및 기구를
　　　　　　　　사용할 수 있다.
　　　　　　4. 기초조리기술을 능숙하게 할 수 있다.
　　　　　　5. 조리과정이 위생적이고 정리정돈을 잘할 수 있다.

실기검정방법	작업형	시험시간	1시간 정도

실기과목명	주요항목	세부항목	세세항목
중식조리 작업	1. 기초조리 작업	1.식재료별 기초손질 및 모양 썰기	1.식재료를 각 음식의 형태와 특징에 알맞게 손질할 수 있다.
	2. 전채요리	1.오징어 냉채 조리하기	1.주어진 재료를 사용하여 요구사항대로 오징어 냉채를 조리할 수 있다.
		2.해파리 냉채 조리하기	1.주어진 재료를 사용하여 요구사항대로 해파리 냉채를 조리할 수 있다.
		3.양장피 잡채 조리하기	1.주어진 재료를 사용하여 요구사항대로 양장피 잡채를 조리할 수 있다.
		4.기타 조리하기	1.기타 전채요리를 조리할 수 있다.
	3. 튀김요리	1.라조기 조리하기	1.주어진 재료를 사용하여 요구사항대로 라조기를 조리할 수 있다.
		2.깐풍기 조리하기	1.주어진 재료를 사용하여 요구사항대로 깐풍기를 조리할 수 있다.
		3.난자완스 조리하기	1.주어진 재료를 사용하여 요구사항대로 난자완스를 조리할 수 있다.
		4.새우케첩볶음 조리하기	1.주어진 재료를 사용하여 요구사항대로 새우케첩볶음을 조리할 수 있다.

실기과목명	주요항목	세부항목	세세항목
중식조리 작업		5.홍쇼두부 조리하기	1.주어진 재료를 사용하여 요구사항대로 홍쇼두부를 조리할 수 있다.
		6.탕수육 조리하기	1.주어진 재료를 사용하여 요구사항대로 탕수육을 조리할 수 있다.
		7.탕수조기 조리하기	1.주어진 재료를 사용하여 요구사항대로 탕수조기를 조리할 수 있다.
		8.짜춘권 조리하기	1.주어진 재료를 사용하여 요구사항대로 짜춘권을 조리할 수 있다.
		9.기타 조리하기	1.기타 튀김요리를 조리할 수 있다.
	4. 볶음요리	1.채소볶음 조리하가	1.주어진 재료를 사용하여 요구사항대로 채소볶음을 조리할 수 있다.
		2.마파두부 조리하기	1.주어진 재료를 사용하여 요구사항대로 마파두부를 조리할 수 있다.
		3.고추잡채 조리하기	1.주어진 재료를 사용하여 요구사항대로 고추잡채를 조리할 수 있다.
		4.부추잡채 조리하기	1.주어진 재료를 사용하여 요구사항대로 부추잡채를 조리할 수 있다.

실기과목명	주요항목	세부항목	세세항목
중식조리 작업		5.기타 조리하기	1.기타 볶음요리를 조리할 수 있다.
	5. 수프류	1.생선완자탕 조리하기	1.주어진 재료를 사용하여 요구사항대로 생선완자탕을 조리할 수 있다.
		2.달걀탕 조리하기	1.주어진 재료를 사용하여 요구사항대로 달걀탕을 조리할 수 있다.
		3.기타 조리하기	1.기타 수프류를 조리할 수 있다.
	6. 면류	1.물만두 조리하기	1.주어진 재료를 사용하여 요구사항대로 물만두를 조리할 수 있다.
		2.기타 조리하기	1.기타 면류를 조리할 수 있다.
	7. 후식류	1.고구마탕 조리하기	1. 주어진 재료를 사용하여 요구사항대로 고구마탕을 조리할 수 있다.
		2.옥수수탕 조리하기	1.주어진 재료를 사용하여 요구사항대로 옥수수탕을 조리할 수 있다.
		3.기타 조리하기	1.기타 후식류를 조리할 수 있다.
	8. 담기	1.그릇 담기	1.적절한 그릇에 담는 원칙에 따라 음식을 모양 있게 담아 음식의 특성을 살려 낼 수 있다.

실기과목명	주요항목	세부항목	세세항목
중식조리 작업	9. 조리작업관리	1.조리작업 위생관리하기	1.조리복 · 위생모 착용, 개인위생 및 청결 상태를 유지할 수 있다. 2.식재료를 청결하게 취급하며 전 과정을 위생적으로 정리정돈하며 조리할 수 있다.